Amar Con Autoestima

by

Dra. Liliana Cabouli

AuthorHouse™
1663 Liberty Drive, Suite 200
Bloomington, IN 47403
www.authorhouse.com
Phone: 1-800-839-8640

© 2008 Dra. Liliana Cabouli. All rights reserved.

No part of this book may be reproduced, stored in a retrieval system, or transmitted by any means without the written permission of the author.

First published by AuthorHouse 3/12/2008

ISBN: 978-1-4343-5174-6 (sc)

Printed in the United States of America
Bloomington, Indiana

This book is printed on acid-free paper.

Dra. Liliana Cabouli, Psy.D; MFT
7968 Arjons Drive # D
San Diego, California 92126-6362
Tel: (858) 610-2080
http://Seftinstitute.com
Algunos de estos artículos fueron publicados
en Diario San Diego y en El Mexicano.

Dedicatoria

Este libro está dedicado a toda la gente de integridad, que cumple con su palabra y que quiere un mundo de amor y conexión.

A mi marido que amo y trabajo conmigo nuestras altas y bajas en nuestro matrimonio gracias por siempre apoyarme en todos mis proyectos.

A mi hija que amo con toda el alma y que me regala ser una persona trabajadora, estudiosa, de garra y de habitos sanos, que orgullosa estoy de tenerte de hija es un privilegio.

A mis padres que me dieron el modelo de ser personas de triunfo y de fuerza.

A mi papa que me enseño a pensar por mi misma y con su ejemplo me mostro que tus sueños se pueden hacer realidad.

A mi mama que me enseño a divertirme y a disfrutar de los placeres de la vida.

A Gonzo y Cano y la gente de EXA 91.7 FM. Gracias por confiar en mí.

A la gente de TV Azteca y a Angelica Soler que vio en mi mi pasión por mi profesion.

A La gente de Diario San Diego.

A Ricardo Vela y Ricardo Aztiazaran que fueron la primeras personas que confiaron en mi capacidad de transmitir ideas.

Y a todos mis pacientes que me dejaron entrar en sus vidas.
Gracias por haber confiado en mí.
No hay palabras para poder expresar tanta gratitud.

Índice

Dedicatoria...v
Introducción 1
No a la violencia, Si al Amor. 8
Hablemos del amor y las relaciones 10
Qué está pasando con el amor 14
Clasificación humana.. 16
Hablemos de las mujeres 25
Reflexiones por debajo de lo que nos contaron:
   ¿que soy única? ¿Que soy especial? ¿Cómo decías? 27
Mujer de red en mano 30
La mujer recién divorciada 37
Hablemos del divorcio 39
   ¡Otra vez con un casado! 41
   "Mi pareja me es infiel" 42
Lo importante de tener integridad 46
   Y ¿qué pasa con tus suegros? 55
Historias de consultorio: Historias de encuentros y desencuentros 57
   La mujer omnipotente "yo puedo todo" 57
   Me enamoré de un extranjero 59
   Los que se separan todos los días. El juego
   de las escondidas..63
   "Ahora me toca a mi"..66
   La ciclotímica y el ezquizoide 68
   Una conquista que les costó carísimo............70
Miedo a la intimidad 80

Diez consejos para mejorar la intimidad *81*
El miedo al fracaso.. **83**
Comunicación y respeto: el secreto del buen matrimonio **85**
Cartas varias **87**
   Carta a un padre *88*
   Carta a una madre *89*
   Al adicto al trabajo *91*
   Carta a un mujeriego *92*
   Carta a un ex marido *94*
   Carta a tu amigo del alma, ese que en realidad
   está en silencio enamorado de vos...........................*95*
   Carta al amigo envidioso *96*
   Carta a tu amigo Juan..*98*
   "Si pudiera": el cuento de los que no
   se quieren comprometer. No caigas en las
   palabras bonitas..*101*
   El tacaño afectivo...*102*
Otras.. **104**
   Hoy me quedé sin palabras *104*
   El machista y la feminista *105*
   El príncipe que se transformó en una fea bestia *106*
   El hombre con complejo de amante *108*
   Soñar *110*
   Aprendiendo a estar solo..*112*
   El amor que no pudo ser reaparece *114*
   Y en esos días románticos pones música que te recuerda a
   él, de masoquista nomás sentís cosas como éstas *115*
Estados de ánimo **117**
   Angustia *117*
   Hoy me siento tan feliz..*119*
Para reflexionar **122**

Descripción del deseo sexual con conexión mutua... *122*
Hablemos de sexo **124**
  Falta de deseo sexual...*124*
  Los problemas sexuales.......................................*126*
  La política del deseo sexual................................*130*
¿Qué es la terapia de familia?¿Qué es la terapia
de pareja?¿Qué es la terapia sexual?........................ **134**
  Terapia de familia para familias en sufrimiento........*135*
  Terapia de grupo e individual...............................*136*
  Terapia de pareja *137*
  Cómo conseguir los mayores resultados en la
  terapia psicológica..*138*
  Las terapias sexuales se focalizan en los problemas
  de intimidad sexual *139*
  Y a veces vas a sentir esto en tu terapia.....................*140*
Los problemas más grandes de nuestra sociedad latina **141**
  Cómo evitar las drogas, el alcohol de la vida de nuestros
  hijos. Qué hacer si ellos se envuelven en ello. *147*
  Ejemplo de una pregunta *148*
Parodia social (así torturan a las mujeres). Riámonos un
poco. Con las silicones en las manos. **151**
  Vida Light..*153*
  La paradoja de la sociedad de los países latinos. *156*
Tareas experimentales **159**
  Conociéndonos a nosotros mismos y a nuestra
  pareja. Tarea 1...*159*
  La confianza. Tarea 2 ....*160*
  Creando confianza. Tarea 3 ....*162*
  Curar el pasado. Tarea 4..*162*
El final **166**

Introducción

Mi nombre es Liliana Cabouli y soy una doctora en terapia familiar y de pareja. Estoy en El show de la papaya, en la Radio Exa, 91.7 FM, los miércoles de 7-9 AM y en TV Azteca, los jueves de mañana. Semanalmente tengo mi columna en Diario San Diego. He sido profesora en el doctorado y masters en Alliant Internatinal University. He ganado un premio de Excelencia en Psicología y he publicado mi libro de mi teoría psicológica "Strategic Experiential Family Therapy".

Ahora estoy dedicada a los medios de comunicación, porque creo puedo llegar a mas gente a través de ellos.
Soy directa, activa y comprometida a trabajar contigo.

Mis especialidades son:

Ataques de pánico
Depresión
Problemas de pareja y familia
Baja autoestima
Personas continuamente relacionadas y vinculadas en relaciones enfermas.

Entiendo la cultura latina y la norteamericana. Y comprendo también lo que se siente con el desarraigo y las barreras que debemos enfrentar los extranjeros en Estados Unidos.

Mi pasión es la psicología y mi mayor reto es participar en el proceso de crecimiento de un ser humano y ayudarlo a desarrollarse en su máximo potencial.

Trabajar conmigo puede ser ser duro, porque creo en la confrontación y en asumir responsabilidades.

Todos podemos cambiar. Créanme: en mi práctica he visto gente haciendo cambios drásticos que movilizan sus vidas hacia nuevas direcciones.

Pero cambiar es trabajoso: se necesita un profundo deseo de mejorar y compromiso con el proceso.

Quiero que sepan que una familia sana o una pareja sana no carecen de problemas, sino que saben confrontar sus problemas y solucionarlos, sin postergaciones indefinidas.

Yo no soy perfecta, ni mi vida es perfecta. Desmitifiquemos al terapeuta. Pero si te aseguro que no soy hipócrita y que jamás te diría algo que no estaría dispuesta a hacer yo misma.

Yo creo en lo que hago: creo en el pensamiento, en la comunicación de los sentimientos y creo que la vida es una continua proposición de crecimiento.

Para poder pensar tenemos que cuestionarnos lo que nos quieren vender en la sociedad: qué es verdad, qué es mentira, qué significa lindo y qué quiere decir feo. Qué es bueno y qué es malo.

Muchas veces, en aquello que nos quieren vender hay secretamente un
Objetivo que no es bueno para ti, sino para la industria de la moda
O de las dietas, o de los cirujanos plásticos, o de los negocios .Yo no quiero que me creas o que pienses que yo sé todo.
Te invito a cuestionarte, a leer lo que escribí y a pensar. He sacado mis conclusiones después de 20 años de experiencia profesional y te las entrego a ti.
Con todo mi amor y mi honestidad, diciéndote ésta es mi verdad.
Pero saca tú tus conclusiones.
Sólo si te cuestionas, serás un pensador con criterio y vivirás la vida que tu deseas vivir, sin que decidan por ti.
Recuerda: nada es verdad todo es perspectiva.
Pero si tú no logras tus objetivos o no vives la vida que quieres, seguramente sea tiempo de cambiar tu posición y tus acciones.
Yo vivo mi vida bajo estas conclusiones que he sacado: vivo siendo honesta, directa y real todo el tiempo. Y pago el precio por ello y disfruto los beneficios que la vida me da por vivir en congruencia.
Mis reglas son:

- ✓ No sufras por razones pequeñas.
- ✓ Cada situación de dolor es una oportunidad para aprender.

- ✓ No quieras ser como otra persona. Quiere ser tú mismo.
- ✓ No compitas con los demás. Compite contigo misma.
- ✓ Se fiel a tu ser con integridad.
- ✓ Desarrolla tu conciencia crítica.
- ✓ Decide a cada paso y no te sientas víctima.
- ✓ Tú puedes

La Base de la felicidad

Yo creo que la base de la felicidad es tener una buena autoestima .y es eso el ultimo objetivo de mis tratamientos.
LA AUTOESTIMA, ¿por qué? porque cuando tú estás bien contigo mismo puedes amar a los demás.
Sólo se da lo que se tiene para amarse no sólo tienen que poder ver sus cualidades sino que tienen que tener tres valores incorporados en su persona.

1) Integridad: me refiero a ser una persona de honor y cumplimiento, insisto e insisto porque la gente de éxito no transforma el hoy en mañana, no basa su vida en la desidia, no llega tarde a sus compromisos, no deja plantada a la gente, no deja de pagar sus cuentas, no promete lo que no va a cumplir, no da vueltas y vueltas, sabe decir no y sabe decir sí, y sus respuestas tiene significado.

2) Instinto de crecimiento y autoconocimiento: me refiero al deseo de crecer, de mejorar, de entenderse y

entender, de aprender a estar en control de sí mismo en la vida, buscar la forma de avanzar.

3) No se hace la víctima, es un ser responsable. Este es un punto muy importante, todos sufrimos y nos equivocamos, y nos pasan cosas todos los días y volvemos a decidir cómo vamos a reaccionar ante esos eventos, qué poder le vamos a dar a ellos en nuestra vida. La mala noticia es "que todo el mundo está en el lugar que quiere en la vida", sólo los niños no pueden decidir y están dependiendo de adultos, por eso debemos cambiar para poder crear un mundo mejor para nuestros hijos y nietos.

Amarse a ustedes mismos es como ser sus mejores amigos, los amigos del alma, todo lo que ustedes se hacen a ustedes tiene que representar una hermosa amistad con ustedes mismos.

-Cuidarse. -Aprender. - No taparse y cubrirse tomar las desiciones mejores para

su salud, buena dieta, ejercicios y seminarios de crecimiento, terapia sicológica. –

Leer libros de superación personal y dejar de preocuparse para ocuparse.

Amarse es el secreto de estar en paz en tu propio ser y en conexión con los demás.

Amarse es el secreto de estar vibrando en energía positiva.

Amarse es el secreto de una buena sexualidad y relación de pareja.

Amarse es el secreto de poder amar a a los demás.

Recuerden lo que la Biblia predica "Ama a tu prójimo como a ti mismo". Entonces empieza amándote.

No a la decidía, Si al cumplimiento

La decidía es entre depresión y una vida sin propósito, la gente desidiosa esta constantemente postergando sus obligaciones, pagos, empezar a hacer cosas importantes para su salud, arreglar problemas con su pareja, hijos, familia.

La desidia es el enemigo numero uno del éxito, de los cambios, de la autoestima y de la felicidad.

Cuando ustedes dicen **_ahorita ¡!!!!_** , **_QUE SIGNIFICA ¡!!!!!!!!significa ya, significa_** en diez anos o significa nunca.

Acuerdencen que todos estamos en el lugar que queremos estar, no se quejen ni se preocupen tomen las riendas de su vida y **_ocúpense._**

Entiendan bien, **_ocuparse en vez de preocuparse._** Si como comunidad aprendemos a no postergar eternamente, aprendemos a darle valor a nuestra palabra, aprendemos a cumplir y a no postergar para mañana lo que puedes hacer hoy, teniendo técnicas buenas de organización sus vidas florecerán.

Si ustedes tienen problemas psicológicos y no quieren invertir en su salud mental piénsenlo dos veces, porque recuerden que cuando no nos funciona bien nuestra vida emocional, no funciona del resto de nuestras vidas, es como vivir una vida sin piernas ni brazos,

Cuando ustedes descubren sus propios secretos para funcionar mejor y disfrutar mas de su existencia sienten un hermoso alivio que solo aquellos que conocen lo que es amarse a si mismos y creer en si mismos disfrutan.

No a la violencia, Si al Amor.

Yo, la Dra. Cabouli, estoy parada en mis propias piernas para promover en nuestra comunidad valores que nos llevaran a ser exitosos y respetados. Valores como el honor, el cumplimiento de la palabra dada, la honestidad. Siempre con amor para vivir una vida que tenga sentido y significado. Qué quiero decir con esto: quiero decir que todos estamos puestos en este mundo para aprender lecciones que la vida nos da. Y tenemos la responsabilidad de hacer de este mundo uno mejor con cada una de nuestra actividades, porque cuando las hacemos con ganas y pasión, destellamos la energía del ser que vive una vida en plenitud. No hay trabajos mejores que otros: todos los seres humanos que habitamos esta tierra somos una cadena y un equipo.

Ayer fui a Tijuana a ver la película de un hombre que asesinaba mujeres. Ese hombre había sido abusado, abandonado y maltratado desde su nacimiento. Y pensé: esta es la clave para crear un mundo mejor: terminar con el abuso infantil y el maltrato, y dar amor y límites a nuestros hijos desde que nacen.

Para ello, como padres debemos tener tres características importantes: amor en nuestra alma, flexibilidad para adaptarnos a los continuos cambios de nuestros hijos y firmeza y constancia para poder educarlos de tal forma que estén preparados para soportar las oleadas de la vida.

Por eso escribo este libro y participo en la radio y en la televisión: porque quiero que mi voz se propague hasta todos los corazones de aquellos que no tuvieron la suerte de ser amados en su infancia como hubiesen querido y decirles cuánto lo lamento. Pero también pedirles que no le hagan vivir a sus hijos lo que ellos pasaron y que posean la fortaleza e integridad de adquirir el mérito más grande que un individuo puede tener que es "dar lo que no recibió"

Padres de familia y madres: amen a sus hijos con profundidad y firmeza. Comprendan las individualidades de sus hijos y cubran sus necesidades en forma reflexiva. Ese hijo suyo es el adulto que mañana habitará este mundo. Si erradicamos la violencia, el cinismo y la necesidad y todos abrimos nuestra mente y nuestro corazón crearemos un mundo mejor para las generaciones del futuro. Por eso, les pido: amen con profundidad.

Hablemos del amor y las relaciones

Quiero hablar del amor de mil formas diferentes: de la vida, los sentimientos, las pérdidas, los desencuentros, los encuentros. Los hombres y las mujeres: todo insertado en la sociedad con sus demandas actuales. Quisiera expresar y reflejar por medio de poemas, cartas e historias, el sentir de los seres humanos: después de 20 años de profesión y miles de pacientes he aprendido mucho del comportamiento y el sentir humano. He viajado por el mundo, he vivido en tres países, he sido profesional de la salud mental en la Argentina y en Estados Unidos. Atendí personas de diversos países y culturas, y esto me ha hecho observar y comprender. He crecido con mis pacientes, me he emocionado con ellos y me he enojado con ellos. He compartido muchos momentos difíciles con muchas personas y mi conocimiento lo quiero transmitir en mis escritos. Apunto a ser sencilla en la escritura para poder llegar a la mayor cantidad de gente. Y espero que muchos puedan sentirse identificados con estas historias para comprenderse más y comprender mejor sus situaciones. Mi propuesta es hacerlos reflexionar. Quisiera contarles algo acerca de mi vida. Soy de esas personas que siempre lucha para comprenderse a sí misma, conocerse y entender el mundo. Siempre quise tener bien claro aquello que quería en la vida, para poder sostener mis deseos y posturas.

Yo tomo decisiones en cada segundo de mi vida coherentes con mi camino y mis metas, evaluando mis pensamientos y mis sentimientos. Me cuestiono y reflexiono pero, fundamentalmente, intento ser congruente y aprender de mis errores. Vivo la vida arriesgando y fuera de mi área de confortabilidad porque pienso que crecer y ser yo misma en todos los momentos de mi vida es lo más importante para mí. En la radio, en la televisión en mi consultorio, en mi casa, con mis amigos y familiares, con mi pareja y con mi hija siempre soy Liliana Cabouli, sin hipocresías. Les digo esto porque cada persona que escribe expresa su perspectiva y eso depende de sus valores y vivencias, por lo cual quiero que sepan los míos. Además de creer en la honestidad y la entrega total, soy consciente del imbalance que existe en la humanidad con respecto a las mujeres y hombres, y no

lo acepto, ni lo sostengo, porque creo que debemos cambiar eso para poder tener matrimonios y familias mas felices, si soy feminista se preguntaran, yo me llamaría Igualista, creo en el hombre y la mujer en equipo, no el hombre como jefe de la casa sino la pareja como el jefe de la casa.

Comprendo lo que siento, sé codificarlo y pienso cuando siento. E intento conectarme profundamente con los seres humanos que se topan con mi vida para hacer una diferencia en mí y en ellos.

Sentir: qué palabra ¿verdad? No todos conocen lo que esto significa. La sociedad nos pauta día a día para que intentemos anular lo que sentimos. "Tu debes hacer", "Tu debes sentir", nos dicen. Debemos poder entender lo que sentimos pero no actuar nuestros sentimientos si no es apropiado a la situación.Respeten sus sentimientos ¡!

Sentir nos conecta con el verdadero ser del otro por un canal directo. Pero sólo puedes entrar en esta dimensión cuando te amas a ti mismo y te conoces de los pies a la cabeza.

Nací el 26 de julio de 1965 dentro una familia de profesionales donde el éxito, el avanzar y el no quedarse atrás eran fundamentales pilares de la vida. Mi papá fue un ídolo por muchos años para mí, más años de los que dura el complejo de Edipo. Para mí el era el mejor, el único: nadie era comparable a él, ningún hombre podría superarlo. También mi mamá fue una odiosa bruja por muchos años: más de los esperables. Estuve triangulada en el medio de la relación disfuncional de ellos por mucho tiempo mientras crecia y gracias a ellos me considero una excelente terapeuta de pareja, esa dificultad de mi vida me dio la oportunidad de crecer y entender cosas de los seres humanos. **No hagan eso con sus hijos porque duele.**

Con los años aprendí a aceptar a mis padres como son. Pero esto fue el fruto de un largo proceso. Duro. Difícil.

Fue increíble entender un día que no existen brujas y hadas: que cada uno participa en un sistema y juega un rol. Y que nada es absoluto: todo es relativo. Todo es perspectiva.

Y entendí que para que mi papá fuera ese ídolo, no cumplía con muchas cosas importantes que son tan importantes en una familia sana como por ejemplo, respetar y amar a mi mamá como toda mujer merece, cortar el propio cordón umbilical con su madre. Y entendí que la base de una familia sana es una pareja feliz, que el mejor regalo que les puedes hacer a tus hijos es estar bien y que la única forma en la que enseñamos es con el ejemplo. Eso me enseñó mi padre.

Yo cometí muchos errores en mi vida: estuve en relaciones que no eran sanas, me equivoqué al no ser firme con mi hija en sus primeros cinco años de vida y fui necia. De todo eso aprendí mucho: ahora sé reconocer cuando me equivoco y cambiar de camino.

Gracias a la vida que me ha dado tanto y que a de este libro y a amar con autoestima. Que es la única forma en la que realmente podemos amar. Porque nadie da lo que no tiene.

Qué está pasando con el amor

¿Qué sucede? Un 50% de las parejas se divorcian, otro 40% de las mujeres engañan a sus maridos y un 50% de los hombres engañan a las mujeres. Además, una gran cantidad están infelizmente casados. ¿Será que el matrimonio está obsoleto? ¿Será que todos estamos más individualistas y menos dispuestos a tolerar? ¿Será que la mujer ha crecido y ya no está dispuesta a soportar abuso de ningún tipo ni a olvidarse de su persona para sostener esa familia? ¿Es esto malo? ¿Esta bien sacrificar tu vida por tu familia?

Pensemos juntos. Para hombres y mujeres, este es el tiempo de crecer, tener relaciones más maduras basadas en la honestidad y en el sincero amor. Invito a los hombres y mujeres a amarse y a respetarse a ellos mismos de tal manera que puedan hacer lo mismo con la persona con la que comparten la vida.
Los roles han cambiado: ya no se espera lo mismo de un hombre y de una mujer. Ahora es el tiempo del compañerismo y la solidaridad. El tiempo del "buen equipo". El mensaje es: "los dos juntos para ser padres, para sostener nuestra economía y para disfrutar la vida. Juntos: no enfrentados ni desconectados". Quizá

esto tenga que suceder pronto para terminar con la epidemia de los divorcios y los hijos perdidos en el medio de cortes y peleas.

Invito al sexo masculino a reevaluar qué es ser un hombre. A salir de la cárcel del machismo y a apreciar el amor, la cercanía y el profundo cariño que se experimenta con una honesta relación sin juegos de poder.

Invito al sexo femenino a aprender a cuidarse, a fortalecerse y a salir del lugar de víctimas. A no aceptar abuso de nadie.

Clasificación humana

Un poco en broma, un poco en serio, estos son los estereotipos de mujeres y hombres que he conocido en mi vida y he visto en mi consultorio. Riámonos juntos y vean si se identifican.

Mi objetivo es hacerles comprender que ser un hombre o una mujer de verdad no entra en ningún estereotipo. Una persona que se decide a ser realmente quién es, que se cuestiona y que crece, cambia y se reinventa, que puede entenderse a sí mismo y conectarse con los demás genuinamente, está siendo un humano en plenitud.

- A. Mujeres
- B. Hombres

- A1. Minas(en Argentina), mujeres fresas (en México)
- A2. Mujeres propiamente dicho
- A3. Mujer esposa de hombre de negocios
- A4. Mujer víctima

- B1. Machitos
- B2. Hombres propiamente dicho
- B3. Hombre de negocios
- B4. Hombre golpeador

A1) Minas, mujeres fresas

Las minitas, término argentino, chavas en México, son las chicas de los gimnasios, con siliconas, rubias de pelo lacio, teñidas, que viven sólo para su apariencia y hablan de cosas superficiales.

Lugar de encuentro: gimnasios, solariums y boliches de última moda.

Corazón: en estado de congelamiento. No son sensibles a los demás, sólo están preocupadas por sí mismas su inseguridad no las deja salir de su auto observación.

Mente: sin desarrollar.

Alma: en desconexión

Se comportan como Barbies.

Desafío: humanizarse, conectarse consigo mismo, aumentar la autoestima y la seguridad en su persona para estar mas en armonía entre el adentro y el afuera.

A2) Mujeres propiamente dicho

Estas son las mujeres de verdad. Aquellas que están conectadas con la vida, que no compiten con otras mujeres sino que respetan y valoran su género. Son mujeres profundas, que aman, que crecen. Ellas no se definen a sí mismas por el hombre que tengan o por su atractivo, sino por su completa persona y sus logros individuales. Son creativas, únicas, sensibles, amorosas, cariñosas y con una alta autoestima.

Tienen vida propia: sus objetivos personales van más allá de sus maridos e hijos. Son seres que aportan algo positivo a la sociedad. Tienen amor para dar porque lo tienen para sí mismas primero.

Alma: con movilidad, con capacidad de sentir, de emocionarse, de experimentar.

Cuerpos o imagen física: Desde feas hasta hermosas. Con gimnasia o sin gimnasia.

Con cama solar o sin. Con el pelo teñido o no. Altas, bajas, flacas o gordas. Sensuales o serias.

Desafío: con cosas a resolver y ganas de hacerlo. Sensible, despierta, con amor.

no estereotipadas, con necesidad de entrega e intimidad.

Son las que todavía pueden y quieren amar.

A3) Mujer esposa de hombre de negocios

Imagen física: Sumamente coquetas, teñidas de rubio o negro intenso. A veces rojizo. Siempre con brushing.

Se encuentra con las amigas a tomar el té y se cuentan lo felices que son, los viajes que hicieron, la casa del campo o de la playa, lo maravillosos y perfectos que son los hijos y compiten socavadamente.

En honor a la amistad entre mujeres, no se entregan profundamente: no hablan de sus miedos y sus angustias y de lo cornudas que son. Ni de lo tarde que llegan sus maridos y el perfume de mujer que se les siente. Y la cara de haber tenido una buena revolcada con la que llegan a sus casas. No tiene vida propia: se definen por el hombre que tienen al lado o los hijos y no se desarrollan como personas.

Se inventan una historia ideal para producir envidia a sus mejores amigas.

Son como objetos decorativos para fiestas y reuniones, para los sociales.

Hacen el amor una vez por mes o cada dos meses.

Van al gimnasio dos veces por semana y se compran muchos perfumes importados en el free shop cuando viajan en septiembre con sus divertidísimos y conectados maridos que les prestan el cuerpo, porque la mente la tienen siempre en otro lado.

Alma: Se sienten muy solas, pero nunca lo dicen, ni siquiera a sí mismas.

No van al psicólogo, porque el único problema que sienten es que se están arrugando y con un lifting todo lo resuelven.

Envidian a las jovencitas con toda su alma y les critican todo: muy petisa, muy gorda, muy rápida, etc., etc.

Corazón: desvalorizado.

Desafío: Estas son las mujeres que necesitan despertarse y empezar a tener una vida propia, auténtica, una vida que no gire alrededor de sus maridos. Necesitan conocerse, sincerarse, aceptarse y amarse para poder Amar con autoestima.

A4) Mujer víctima

Andrajosa, quejosa y rígida.

Sufre que te sufre y no resuelve nada. Tapa, sostiene y cuida su masoquismo.

Imagen física: variable: desde chancletas y ropa desaliñada, hasta suntuosos talliers con blusas de seda y peinado de peluquería.

La regla invariable es la queja por la queja en sí y la estereotipación de la conversación y de las acciones adictivas a sus machos golpeadores y abusivos, que las engañan.

Sus palabras, como un disco rayado, repiten siempre la misma frase: "pero yo lo quiero", y no pueden elaborar lo que están permitiendo que pase. Arruinan la vida de sus propios hijos que son mis pacientes cuando adultos y tienen que elaborar cómo sus madres tan maravillosas se dejaron pegar y cómo ellos tenían que defenderlas.

Corazón: sufriente, víctima, se siente sin poder, sin alegría y con miedo.

Alma: en pena.

Desafío: Estas mujeres necesitan crecer como personas, amarse a ellas mismas y ser seres responsables para comprender la situación en la que viven y que ellas están permitiendo. Porque ese sentimiento de amor que creen tener es sólo sentimiento de desamor para ellas. Tienen que aprender a amar con autoestima.

HOMBRES

B1) Narcisistas

Son musculosos, altos, atléticos, muy bien vestidos, metrosexuales hasta el último detalle.

Cuando abren la boca, desfalleces al instante porque "yo" es la palabra que más usan. Jamás se preocupan por la persona que tienen al lado. Al contrario, suponen que son un súper trofeo para la mujer y que quien está con él es súper afortunada, porque todas las chavas o minas los quieren.

Sú tema fundamental y único es el cuerpo de la chava con la que tuvo sexo ayer y si las siliconas parecen reales. Se creen los mejores amantes del mundo y cuentan los orgasmos de las mujeres con las que se acuestan, sin saber que muchas le inventan ese placer.

Creen que son los mejores del mundo y están incapacitados para ponerse en el lugar ajeno.

Corazón: inexistente. No desarrollado.

Alma: no llegaron a la hora del reparto: están vacíos. Y tienen el cerebro en estado de congelamiento.

Imagen física: cuerpo escultural, súper lindos.

Se los encuentra en gimnasios, boliches de moda.

Desafío: Necesitan despertar a la vida, entenderse, conocerse y desarrollarse. Necesitan aprender a amarse, a entender qué les pasa adentro, a ser reales y a mirar a los costados y no sólo a sí mismos. El "yo" tiene que cambiar por el "nosotros".

B2) Hombres propiamente dicho

Son amables, dulces y respetuosos no necesitan usar el poder para manipular

Son lo suficientemente fuertes como para expresar sus emociones y no necesitan poner a la mujer por debajo de su nivel para sentirse bien. Por el contrario, la respetan.

Corazón: con movilidad, con capacidad de sentir, de emocionarse y de experimentar. Vívido, despierto y con amor.

Cuerpos o imagen física: Desde feos hasta hermosos. Con gimnasia o sin gimnasia.

Con cama solar o sin. Con pelo teñido o no. Altos, bajos, flacos, gordos, sensuales o serios. De todo, pero eso sí: si bien algunos son hermosos, esto es sólo un ingrediente que no constituye el todo como en el caso anterior.

Alma: con cosas a resolver y ganas de hacerlo.

Se trata de hombres que no son estereotipados. Tienen necesidad de entrega e intimidad.

Son los que todavía, pueden y quieren amar.

Se aman a sí mismos y tienen mucho para dar.

Desafío: seguir siendo quienes son en un mundo frío, con tantas mujeres atraídas por los hombres narcisistas, encontrar a las personas que son como ellos y seguir creciendo.

B4) Hombres de negocios

Imagen física: Celular en mano, traje, corbata, perfume. Lindos y feos, altos y bajos.

Viven de reunión en reunión, de entrevista en entrevista, de negocio en negocio, de huída en huída: parecen muy hombres, pero en realidad son unos pobres chicos metidos dentro de un escudo de metal.

Salen con muchas chavas, pero conservan a su mujer a la que controlan por medio de la dependencia económica y, mientras, se divierten para no crecer.

Se encuentran en lugares suntuosos, confiterías imponentes, prostíbulos. Usan autos importados y el reloj de marca Rolex o Dupont.

Corazón: negado.
Mente: entrenada en especulación comercial.
Alma: en el freezer.

Desafío: emocionalmente están durmiendo, porque por su compulsión al trabajo no tienen que conectarse ni consigo mismos ni con nadie. Todas sus relaciones son pasajeras: "toco y me voy", y no pueden conectarse.

B5) Hombre golpeador

Apariencia física: Desde rudos machotes hasta hombres con una apariencia dulce y seductora.

"No lo voy a hacer más... perdóname..." es la frase que repiten.

Son impulsivos y cambiantes y como son adictos a producir dolor y a gozar con ello no pueden evitarlo.

Cerebro: manipulador.

Corazón: en un estado de enloquecimiento. Se siente menos impotente, inseguro, no tiene nada de autoestima.

Alma: casi inexistente por tantos cambios del estado de ánimo, alcohol y drogas.

Necesitan mucha, mucha ayuda. Y no cambian sin intervención terapéutica.

Hablemos de las mujeres

(Lee entre líneas…)
TODO SE TORNA INCONSISTENTE

A veces te sentís falsa: pareciera que estás en tantas tan confundida, que tantos hombres tienen la misma importancia y el mismo lugar dentro de tu corazón. Pero no es verdad. Alguien es más importante para vos, porque la razón así lo indica, cumple los requisitos. Otro es importante porque el ego lo indica. Es difícil e imposible definir el amor: a veces el corazón indica y la cabeza lo boicotea. Hay gente que en cuestiones del amor es pragmática: "llena lo requisitos y aquí me quedo". Otros son masoquistas: "pero yo té quiero, aunque…" y nos cuentan una variedad de maldades y desplantes que el otro to hace. Otros toman la decisión: "eres tú mi alma gemela", y ante cualquier duda, tapo cuestionamientos y me callo o me enfermo o estoy en el fracaso y la angustia permanente. Y hay otros que quieren estar seguros de que aman profundamente y que la elección es sana.

En el amor es importante estar en sintonía y en la misma frecuencia que tu compañero, querer ir hacia un lugar en común, tener valores comunes y desear cosas compatibles para compartir una vida en común.

"LO MAS IMPORTANTE PARA MI ES LA FIDELIDAD"
versus
"VOS SOS MI MUJER AUNQUE SALGA CON CUANTA MUJER APAREZCA DELANTE DE MI"

"QUIERO VIVIR BIEN: VIAJAR, CONSTRUIR UNA HERMOSA CASA"
versus
"EL DINERO NO ME IMPORTA, LO QUE IMPORTA SON LOS SENTIMENTOS Y CREAR CON MI GUITARRA"

"NO SOPORTO QUE ME QUITEN MI LIBERTAD"
Versus
"QUIERO ESTAR CON VOS CASI TODO EL TIEMPO, TRABAJEMOS JUNTOS"

Hay incompatibilidades que son imposibles de cerrar, pero no olvidemos que los opuestos se atraen. ¿Cómo hacer para resolver esta ecuación?

La respuesta: no te engañes ti misma y piensa.

Ya sé: quieres que te dé la solución. Pero no: tú piensas, yo confío en tu inteligencia para resolver estas contradicciones.

Reflexiones por debajo de lo que nos contaron: ¿que soy única? ¿Que soy especial? ¿Cómo decías?

¿Qué necesita escuchar una mujer? "Sos muy especial". "Nunca sentí esto que siento por vos". ¿Por qué nos engañaremos tanto? Nos enamoramos de la promesa que el otro hace de ubicarnos en el lugar de únicas. ¡Cómo nos mentimos! Y después sufrimos la desilusión de ser una más y nos olvidamos de que finalmente también el otro es uno más. Y nuestra herida del ego nos duele... nos duele... Y creemos que realmente lo que nos duele es haber perdido a ese ser tan único y tan especial, tan irremplazable. Ese ser que nos engañó y que no vamos a poder olvidar. Pero que por supuesto pronto olvidamos. Y sólo cambiamos el nombre, el color de pelo, de ojos y nos vuelve a pasar lo mismo.

Qué mentira histérica.

El amor se construye con el tiempo. Primero, tenemos que decidir necesitar un amor, un compañero que conozca todo lo que somos y no tenemos. Y que nos acepte, nos quiera y nos sostenga como "su amor", a pesar de los altibajos en los que consiste ese vínculo.

El mal de esta época es creer que el amor de nuestras vidas está en algún lugar del mundo y lo tenemos que encontrar. Ese ser maravilloso que nos completará o que quizá esté al lado nuestro y no nos completa un pepino, porque es tan malditamente humano e imperfecto como nosotros pero, cómo renunciar a esa ilusión.

Amamos a quien no nos ama, para que no se dé y, así, amamos una fantasía y no esa dura realidad que consiste en que ese ser que se nos va de las manos es tan imperfecto como ese que tenemos al lado que nos quiere, con la diferencia que está al lado de otra, que tampoco lo ve. ¡Qué difíciles somos! ¡Qué ridículo!

Pero así, nos entretenemos lo suficiente como para no enfrentarnos a nuestro espejo y a la realidad de que a la vida no la podemos controlar, todo se mueve todo cambia, es imprevisible y nos tiene muchas sorpresas.

Sin embargo, si somos positivos, realistas y no vivimos en contradicción permanente podemos tener control de nuestras vidas.

Acepta las reglas de la vida y no te engañes a tí mismo.

ESTAS SON LAS REGLAS DE LA VIDA: ACEPTALAS Y REFLEXIONA.

Mentirse a uno mismo es una decisión muy cara, porque a veces tomamos personal cosas que no tienen que ver con nosotros. Como por ejemplo llegamos a creer que una persona impulsiva, que se enamora en 10 minutos, está actuando con nosotros de una forma diferente a la que actúa con otras mujeres. Y esto puede crear mucha decepción.

Cuando elijan una pareja no sólo tienen que elegir con el corazón o la atracción sino también con la cabeza. Esto significa elegir y tener control sobre tu vida.

Mujer de red en mano

Siempre me hizo gracia, el hecho de pensar en los hombres que tienen miedo a que los enganchen, al compromiso. Hay una visualización que aparece en mi cabeza: cientos de mujeres con una red en la mano, de esas redes para moscas, intentando cazar algún macho. ¡Este es mío, mío y mío! Muchas mujeres peleándose por el mismo, y otros, por el contrario, que nadie quiere agarrar.

¿Será esta la sensación que tienen los hombres con respecto a las mujeres?
¿Por que? Por esto del Edipo materno ("si corté con mi amada madre no voy a caer en los brazos de otra mujer"), y así, viven huyendo.

Yo detesto este concepto y me complica la vida, ya que las mujeres, necesitamos amar. Y los hombres también.
En el amor no puede haber creencias de este estilo, porque si este es el cimiento del inicio de una relación estamos construyendo un edificio sobre arenas movedizas.
El enganche o compromiso no puede, no debe, ser unilateral: si lo es no sirve.

Cuando escucho frases como: "ya se va a casar conmigo", "va a caer solito", "yo por ahora espero, pero voy a hacer cualquier cosa para que me quiera y se olvide de su ex" en boca de ciertas chavas - y digo así porque no son mujeres, sino meros objetos femeninos -, quisiera acribillarlas.
Por favor: no queramos ser hombres, pero tampoco ¡flor de ridículas!

El amor no se consigue con esfuerzo, como si se fueran a desarrollar los músculos en un gimnasio. No hay que proponerse que nos amen: esto se da solo, se siente, no es un desafío.
No hay que querer atrapar a nadie: quiéranse un poco, sáquense las redes de las manos, que quizá ustedes tampoco quieran ser atrapadas.
Dejemos de darle al hombre un lugar de joya para nuestro índice: démosle un lugar más fidedigno, el lugar de nuestro compañero de vida.
Somos personas, seres humanos, primero y ante todo, antes de hombres y mujeres. Conectemos con esto, con la humanidad que nos une y con la diferencia de sexo que es hermosa, porque es complementaria, no superior, ni inferior, ni una en detrimento de la otra.
Después de tantas idas y vueltas, tantos errores y aciertos cometidos, tantas historias vistas en mi consultorio, lo que me queda en claro es que la guerra de los sexos debe acabar y decretarse la igualdad valorativa. Que

no significa que no hay diferencias, porque las hay: las mujeres podemos parir, los hombres no. El hombre es más fuerte físicamente que la mujer, y además nos gusta tanto que nos cuiden y nos galanteen y nos paguen una cena con hermosos bouquet de flores. Igualdad quiere decir que ninguno tiene más poder que el otro, que no se aprecia más a un sexo que al otro.

Pero la igualdad la vamos a lograr las mujeres cuando dejemos de tapar y sobreproteger a los hombres y cuando nos amemos más a nosotras mismas.

¡Cómo quisiera que entendamos esto! Somos COMPLEMENTARIOS, sobre una base de igualdad. ¡BASTA DE COMPETENCIAS ESTÉRILES!

¿No se dan cuenta, ustedes hombres, que también están perdiendo? ¿Que ahora les ponemos puntaje a su comportamiento como amantes o a su cuerpo o al tamaño de órgano?

Ustedes también están codificados, y esto es una cruel venganza de las mujeres, en honor a nuestras madres y abuelas por tantos años de dictadura.

Hagamos las paces.

En la cultura latina le damos más valor a los hombres que a las mujeres y eso es culpa de las mujeres ya que son ellas las que diferencian a sus hijos varones y no les enseñan a tratar bien a las mujeres. Cuestiónense sobre este particular.

Vamos a hablar sobre mujeres

Muchas mujeres van a la peluquería y les gusta poder competir con otras mujeres y decirles

Cuanto el marido le da como "le tiene la casa "etc. etc.

pero hay un problema muy simple, un marido no te da tu casa, porque cuando te casas el 50% de todo lo que se gana te pertenece , la mujer gasta tanto tiempo compitiendo con otras mujeres .Hay que saber respetar a las personas de nuetro sexo ejerciendo valores de lealtad, y soporte.

Respeto y admiración en vez de envidia, competencia y celos .Eso será lo que a las mujeres le va a dar un completo nuevo estándar en la sociedad

Si sus marido la engaña a usted usted le culpa a la otra mujer? que maldita tentó a su santo marido ,pues no es el marido quien es responsable de haber roto su integridad? , roto su palabra que la dio el día que dijo "si para toda la vida"!

Yo como mujer creo que tenemos que aprender a amar lo que somos muchos mensajes sociales han sido bajos para la mujer , pero están cambiando , nos has puesto solo como objetos sexuales , o como para esperar a nuestros maridos en la cocina, o vivir para atenderlos, o para ponerlos en una posición demasiada alta.

El hombre y la mujer son iguales en su humanidad y cada unos aporta distintos matices a la vida

el respeto y el amor empieza en el auto respeto y en el amor propio.

Los invito a reflexionar acerca de estos temas, para que podamos erradicar todos juntos el machismo, la violencia domestica, el engaño, y la falta de amistad entre mujeres.

Y siendo una persona que apoya al sexo femenino tengo muchísimos pacientes hombres que están intentando cambiar sus sistemas inadecuados

entonces cuatro cosas a cambiar

1) **no envidien**...................Admiren
2) **No compitan con otro**....................compitan **con ustedes mismos**
3) **No salgan con un hombre que este en pareja**...................el va a hacerles a ustedes lo mismo
en el futuro
4) **No rompan sus propias reglas**..............tengan **integridad**

Sólo para mujeres
Fui a Tijuana a ver una obra de teatro para, mujeres, no me gustó mucho, pero me hizo recordar cómo las mujeres tiene mensajes negativos sobre su sexualidad y partes privadas, ideas como sucio, feo, vergonzoso y me inspiré para escribir este artículo para transmitirles a las mujeres que celebren su belleza y la hermosura de los aromas naturales de nuestra sexualidad.

Son muchos los mensajes des estructuradores para nuestra humanidad que nos manda la sociedad, nos ponen medidas que debemos tener, libras o kilos que tenemos que pesar, edad que nos divide entre viejas y jóvenes, actividades que nos definen como mujeres, Todo eso es lavado de cabeza, créanmelo.

El gusto, las expectativas, todo es lavado de cabeza que nos hacen los que manejan los medios de comunicación, y lo más triste es que muchas mujeres lo creen, y se critican todo el día físicamente y se maltratan y aceptan maltratos y críticas constantes,. Yo digo no a estos mensajes, y quisiera que muchas de ustedes digan no conmigo.

Somos tan hermosas e inteligentes, podemos hacer tantas cosas al mismo tiempo, tenemos intuición e inteligencia emocional, Yo amo ser mujer y lo grito a los cuatro vientos y no compró nada, nada de los mensajes que destruyen mi hermoso ser de mujer.

¿Saben quién define a ustedes?, ¿quiénes son ustedes?... nadie más que USTEDES!!!!!
AMENSEN.

Mujeres no compitan con otras mujeres
La sociedad latina nos manda mensajes de que ser mujer es servir a los hombres y estar hermosas para ellos, que si un hombre te engaña es por culpa de las mujeres que lo tientan, que si te abusaron o te violaron es porque tú los provocaste, que tus hermanos varones son más valiosos y que tú los tienes que atender, que la mujer tiene que sacrificar sus deseos individuales en favor de su marido y sus metas en la vida.

Que tus obligaciones son la casa y los niños, que tu marido no tiene esas obligaciones.

Por esas razones muchas mujeres sufren increíblemente baja autoestima y un sentimiento profundo de no merecer ser ellas mismas, sumados a esto sufren de severa autocrítica y además se critican entre ellas.

Como somos nosotras las que parimos a nuestros hijos varones y malcriamos a esos niños, he sacado la conclusión que si las mujeres cambiamos nuestras ideas y aumentamos nuestra autoestima y lealtad entre otras mujeres, cambiaremos este disparidad que existe en el mundo donde los hombres son más privilegiados que las mujeres .

Por ello tengo una sociedad sin fines de lucro llamada: "La conexión real" y mi campaña es pro-amor y límites, esta campaña va a dar cursos para mujeres para aumentar su autoestima y enseñar a respetar y honrar el hecho de ser mujeres, una campaña para todas las mujeres en este mundo que aman su femineidad y quieren un mundo de igualdad entre los géneros respetando lo hermoso de ser complementarios, espero recibir su apoyo.

Para empezar debemos trabajar en respetar a las mujeres, jamás saliendo con un hombre casado, no depredando de críticas a sus amigas y colegas y no competir entre mujeres.

Cuando te amas a ti misma sientes más auto respeto y sabes decir que no y que sí cuando realmente lo consideras necesario. Respeta tu persona y celebra conmigo la dicha de ser mujer

La mujer recién divorciada

Hacía cuatro años que no nos veíamos. En nuestro último encuentro, ella había sido madre por segunda vez. Luego, por cosas de la vida, mudanzas y etcéteras, nos perdimos de vista. Hace un par de semanas, no sé por qué, la recordé, y como cosa del destino, algo que ocurre muchas veces, nos encontramos en la calle.
Cuando nos vimos nos abrazamos. ¡Que alegría!
La semana pasada estuve hablando de vos con Adriana,- otra compañera de la facu.
Mirá vos. Yo también casualmente te recordaba -.

Oh¡ Oh! Je je je a ha a ha¡!! y todas esas conversaciones a ritmo veloz del estilo "en diez minutos te cuento mi vida de cuatro anos". Resumen difícil de hacer.
Tenía una Cara de Mujer Divorciada que era increíble. Antes de que me dijera nada le digo: "te divorciaste", "Si, hace un año y medio", me dice, "Y, estoy desesperada: no tengo trabajo, no tengo pareja, estoy en un estado de parálisis total". Los siguientes diez minutos me habló de toda su desesperación y de las cosas que no tenía y le faltaban. ¡Qué divorciada que parecía! Me explicó de la angustia de dormir sola, que a veces aparece, "Porque, seamos honestos, Liliana, - me dice - a veces uno necesita una palmadita, un

abrazo, ni siquiera hablemos de sexo, hablemos de cariño.

El problema es que esta necesidad se transforma sólo en "a veces" y, teniendo un hijo en común, vos no puedes agarrar al hombre en cuestión y pedirle que esos "a veces", venga a dormir con vos, porque ¿cómo se lo explicas al chamaco, que ya bastante confundido está con eso de papito y mamita ya no se quieren, pero a vos te quieren mucho, mucho entendés mi amor?
Le expliqué que el duelo de la separación es una etapa que dura un tiempo. Duele en varios aspectos. Y LA FELICITE: PORQUE ELLA ERA UNA MUJER GOLPEADA QUE SALIO DE UNA RELACION ENFERMA

Hablemos del divorcio

Es mucho mejor transitar un divorcio que estar en una relación enferma de abuso e infelicidad. Pero también creo que el matrimonio es un trabajo diario que empieza antes de decir "sí" en el Registro Civil. Antes la gente no tenía los conocimientos que tenemos en el presente: no estaba tan abiertos los temas como ahora. Pareja, sexo, rol de la mujer y violencia eran temas tabú y la gente vivía con vergüenza.

Hoy en día podemos prevenir tantas cosas que antes por ignorancia no hacíamos. Podemos por ejemplo saber lo importante que es la comunicación, saber que es intolerable dejarse pegar, saber que nadie cambia porque nosotros queramos. Sabemos que los psicólogos y consejeros no son para los locos, sabemos que tenemos la posibilidad de elegir y que no somos víctimas sino seres responsables con completa capacidad de optar por nuestro camino. Por eso, quejarnos y ponernos a llorar ya no es la última solución. Se trata de no ponernos en esas situaciones y fortalecernos: ésa es la respuesta.

Por ello les recomiendo para evitar los divorcios y el dolor que produce a sus hijos y a ustedes mismos que elijan adecuadamente. No sólo por química o atracción sino con la cabeza, entendiendo quién es ese individuo con quien pensamos comprometernos de por vida. Pensar cuántas cosas en común tenemos y compartimos. Pensar en nuestros valores con respecto a el futuro, los proyectos, la educación de los hijos, la relación con el dinero, el temperamento, las cosas que a esa persona le sería difícil cambiar y si podemos vivir con ellas. La forma en que esa persona entiende cómo divertirse en la vida. También debemos observar la familia de origen de esta persona y cuáles son los conflictos que las experiencias del pasado tienen en ese individuo: cuán motivado está para resolver, evaluar y sobrellevar sus problemas de la infancia.

Si se toma todo esto en cuenta, el matrimonio no será tan difícil.

Para poder vivir lo más funcionalmente posible debemos conocernos a nosotros mismos: entendernos, saber cómo convivir con nuestras limitaciones y como expandir nuestras virtudes y talentos. De igual manera, debemos tener en claro qué queremos como pareja, en qué estamos dispuestos a negociar y qué podemos tolerar. En definitiva, cuáles son los valores más importantes para nosotros.

Entonces, cuando sientan y crean que quieren decir "Sí, para toda la vida" a alguien, piensen primero si pueden decirse "Sí, para toda la vida" a ustedes mismos.

Y cuando piensen que un profesional de la salud mental es caro, piénsenlo dos veces, porque más caro es el abogado y el dolor emocional y mental que tendrán si cometen el error de casarse con la persona inadecuada.

¡Otra vez con un casado!

Qué maravilla, amiga mía, amiga de la infancia, de esos afectos, que casi no se eligieron, que vinieron con uno y quedaron a lo largo de la vida.

Mi querida amiga no incondicional, y no entregada, que no me quiere muy profundamente, pero, sin embargo, me quiere.

Mi amiga, la de los enganches imposibles, la de los hombres casados y cansados.

A veces te admiro por tu capacidad de meter la pata en el mismo agujero y de sufrir siempre el mismo sufrimiento, con el mismo final infeliz, sosteniendo la eterna soledad que la vida te impuso, a partir de tus nueve anos.

¿Hacia donde corres, amiga mía por el camino del desamor y la falta de compromiso?

¿Por qué no quieres amar y ser amada, sin estar en el medio de una relación y competir con otra mujer?

¿Qué te hicimos las mujeres, amiga mía, qué te hicimos?

Yo sólo sé lo que te hizo una sola mujer: tu madre. Tu madre te abandonó al no soportar más la vida y morirse cuando tenías nueve años. Y dejarte en manos de una persona muy cruel: tu padre, que no se ocupó de tus necesidades emocionales.

Tu madre quiso mostrarte que era muy fuerte y ocultarte la debilidad, que seguramente tenía al elegir la muerte y su enfermedad, antes que su vida.

Tu madre te abandonó y vos no la perdonaste. Y por eso, sin querer, te vengas de las mujeres, compitiendo con ellas, mintiéndoles, creyendo que quieres ganar, cuando, en realidad, lo que quieres es perder. Necesitas que existan esas mujeres como una forma de recuperar a tu mamá y revivirla en cada batalla perdida.
Amiga mía, la deslealtad se paga carísima.
Amiga, en honor a todas las esposas latinas, te pido clemencia y piedad. Y también, por qué no, respeto. Estas personas que salen con casados tienen miedo a la intimidad, falta integridad y carencia de autoestima. Muchas mujeres compiten con otras mujeres porque han tenido problemas en la infancia con la madre o el padre ha engañado a su madre y ellas se juran no ser como sus madres.
A veces, tienen tendencias homosexuales reprimidas y en vez de actuarlas se involucran en triángulos. Sea lo que sea, en cada caso especifico, la infidelidad es una gran traición que destruye familias.

"Mi pareja me es infiel"

Análisis y respuestas

La siguiente es la correspondencia que tuve con una persona que me escribió porque su pareja era infiel.
"Estoy enamorado de una mujer que me engaña. Estamos casados hace 8 años y tenemos dos hijos. Ella no se define: dice que nos quiere a los dos y se compromete a dejar al otro hombre, pero después

no cumple. Yo la amo, doctora. Por favor, ayúdeme. Aconséjeme".

"Querido lector: por lo que me estás comentando, tengo la impresión que has caído en una relación enferma, en un círculo vicioso del que sólo podrás salir si pones mucha fuerza de voluntad y desarrollas el autorespeto.

Tu esposa, al no definirse, está robándote tu capacidad de decidir. Pero tú, al caer en ese juego macabro le estas reforzando su comportamiento.

La gente engaña por diferentes motivos: por depresión, por repetición de un problema que pasa de generación en generación, por miedo a la intimidad, por adicción a lo prohibido.

Ahora bien: el hecho de que tú caigas en este juego me hace preguntar qué está pasando con tu autoestima. Y además, cuán importante es para vos la lealtad y la integridad.

No te estoy diciendo que después de un engaño, un matrimonio no se puede reconstruir, pero tienen que haber cambios de reglas y condiciones. Si tu esposa va a seguir en el engaño, no entiendo cómo puedes sentir amor por alguien que no está demostrando tenerlo por ti.

Mi recomendación es que vayas a terapia psicológica para levantar tu autoestima y descubrir por qué crees que mereces una relación de este estilo".

El engaño es un veneno para el amor y el matrimonio: es una decisión que muchos miembros de una pareja toman. En lugar de arreglar los asuntos dentro de su pareja, toman la decisión de engañar. ¿Y cuál es el beneficio? Ninguno: nadie es feliz.

El 90% de las parejas formadas en el engaño no tienen éxito. Necesitan hacer algo prohibido y de a tres para que la pareja conserve su valor.

Quiero hablar seriamente de este tema y decirlo con claridad:

Los problemas no se arreglan evitándolos ni engañando.
Cuando engañamos, a quien faltamos más el respeto es a nosotros mismos porque no estamos cumpliendo con lo que nos hemos comprometido. Nos hemos comprometido "a ser fieles" y no estamos cumpliendo con esto que es la base del matrimonio.

Cuando ponemos desconfianza y rompemos nuestra confianza, estamos envenenando a nuestra pareja.
Queridos latinos: piensen muy bien antes de tomar una decisión tan desafortunada.
Recuerden: no sólo estamos envenenando a nuestro matrimonio, estamos arriesgando nuestra vida. Nos estamos arriesgando a contraer HIV y otras enfermedades venéreas y contagiar a nuestra pareja.

Hoy engañar es casi ser un asesino, por la posibilidad de enfermar a nuestras parejas.

¿Dónde aprendiste y desde cuándo sos merecedor de tan poco respeto?

Cuando hablamos de engaño, hablamos de falta de integridad, que es lo más importante que debemos tener los seres humanos para que la sociedad y las familias funcionen.

Quisiera explicar un poco a qué me refiero.

Lo importante de tener integridad

Una de las cosas que esta comunidad debe aprender es a tener integridad, tener palabra y vivir una vida de honor. ¿A qué me refiero?

Integridad es vivir con los propios valores una vida honesta y de cumplimiento. Las acciones reflejan quién eres tú: si eres una persona amorosa y apasionada, tus acciones deberían demostrarlo.

Una de las cosas que yo trabajo en mi consultorio es enseñarles a las personas a cumplir sus citas, deudas y sus compromisos afectivos. ¿Por qué? Porque alguien de honor que cumple con sus compromisos es puntual y no deja a la gente esperando, paga sus deudas y no engaña a su pareja.

La gente de éxito tiene que aprender a cumplir, a estar a horario, a respetar los tiempos ajenos y a ser honestos.

He visto en esta comunidad que la gente cuando algo no le gusta en vez de enfrentarlo lo evita. Evitar no es la forma de accionar de gente con integridad.

He escuchado en nuestra comunidad la típica frase: "Oh, qué pena me da decir lo que realmente pienso."

Recuerdo que en una oportunidad, estaba en un salón de belleza en Tijuana, y una señora entra a vender unos tamales. La estilista le contesta "No gracias, he desayunado hace un rato". Yo me pregunto "¿cómo, si ya son las 3 de la tarde?" Y al irse la señora, le pregunto "¿Pero como es que recién desayunaste a esta hora?" Y me dice: "Es que me daba pena decir que no". Y le digo: "Pero si dijiste que no. Si te da pena le hubieses comprado. Ahora no sólo le dijiste que no, sino que también mentiste."

El mensaje es: hay mucha distorsión de pensamiento en esta comunidad que nos lleva a conflictos y nos impide tener más poder en la sociedad. A veces, un latino es enemigo de otro latino. En vez de competir, unamos nuestras fuerzas para tener nuestro lugar en esta comunidad americana y latinoamericana.

La autoestima está relacionada con estas distorsiones. Vivir una vida ocultando, tapando, hablando a las espaldas del otro con temor e inseguridad no nos va a ayudar a crecer.

¿Vamos a cambiar los hábitos que nos llevan a ser personas no tomadas en serio o vamos a seguir igual?

Integridad, responsabilidad y valentía son el secreto del éxito y de la felicidad.

Engañar en un matrimonio es romper tu palabra.

Distintos tipos de parejas
EL Y ELLA

1) Dos islas en un mismo mar

El la tenía clara, clarísima, re-clara. Sabía cómo debían ser las cosas: Artículo 1, Artículo 2, Artículo 3. El no transaba, no reflexionaba. Ella concedía, aguantaba, no se sentía segura de sí, no tenía claro su futuro ni su presente. Dependía de él, era suya en una entrega total y absoluta.

El quería amar, quería soñar, volar juntos. Ella quería crear en la pareja todo el tiempo, quería sincronizar con él, apasionarse con él conmoverse con él, creer en él. El quería trabajar, ganar dinero, comprar cosas, ser empresario, - obviamente todo por ella-. Ella era el motivo de todos sus anhelos: pero él no la veía, no la registraba, no la deseaba. Y ella se sentía sola… sola… incomprendida… olvidada.

El quería que ella lo entendiera, que dejara de querer cosas que no estaban a su alcance, quería que lo valorara por lo que era, que no le exigiera más dinero, que valorara su afecto, su sensibilidad y sus sueños. Ella quería tener un hijo, una casa: todo prolijo, todo ordenado, todo en su lugar. Un viaje a Cancún, una habitación más, una familia. Todo lo que él no le podía dar.

El estaba mimetizado con su auto súper sport, alucinado con lo que había conseguido en la vida. Con su ropa de marca, con su reloj de oro, con sus levantes, con sus sueños que se habían hecho realidad.

Ella quería estudiar, mejorar cada día más. Quería poner una sucursal de su empresa en otro lugar, quería a sus hijos, quería su casa y su vida individual. Juntos formaron dos islas en un mismo mar y nunca se comunicaron ni compartieron. Nunca se vieron, ni se perdieron, ni se amaron, ni se desearon. Nunca se constituyeron como pareja: nunca se acercaron. Nunca... nunca... nunca... nunca.
Nunca fueron algo más que dos individuos en un mismo lugar.

2) La pareja con amor

Ella lo amaba profundamente y él también la amaba. Disfrutaban mucho juntos de compartir salidas, de hacer el amor, de hacerse un tiempo en el medio de sus actividades para encontrarse a tomar un café. Cada uno valoraba lo que el otro le daba y se ayudaban a crecer mutuamente. Disfrutaban de un abrazo, del calor del contacto, de la entrega absoluta, de un día de sol, de la intimidad, del crecer juntos, del apoyo y de la seguridad que les brindaba su amor.

Ellos se amaron profundamente y lucharon en los momentos de crisis y se reeligieron en miles de momentos en que las cosas se volvían a repactar. Ellos envejecieron juntos y se acompañaron en el final. Y él la lloró profundamente y poco después también murió.

Ellos vivieron un gran amor, la suerte de haberse encontrado en la vida, de tener códigos parecidos, sueños parecidos y muchas ganas, muchas ganas,

de compartir, de crear un vínculo y hacerlo crecer. Disfrutaron de comprometerse y dialogar y de haberse ligado plenamente.
Ellos cuidaron su más preciado tesoro: "su amor" y lo dejaron de herencia para sus hijos, como un modelo de profundo cariño que siempre, siempre recordarán.

3) La pareja despareja

¡Hola! Te presento a mi despareja: ella es la persona con la cual menos me entiendo, a la cual menos quiero, con la cual no hago ningún intento de ser feliz, ni de hacer feliz. Con ella vivo y de ella rajo. A ella engaño, a ella critico, desprecio, denigro y no acompaño. A ella no el extraño, sin embargo, a la hora de tomar la decisión de separarme, no puedo hacerlo. ¿Por qué? ¿Por qué, doctora?
¿Por qué creen que él no puede separarse de ella?
- ✓ Será porque tiene miedo a estar solo?
- ✓ Porque es UN cobarde.?
- ✓ Porque en el fondo la quiere y no lo quiere reconocer?
- ✓ Porque tiene miedo a no ser amado por nadie?.
- ✓ Porque ella le sirve de pantalla para poder no entregarse a alguien a quien realmente podría amar?.
- ✓ Porque cree que amar es depender?.
- ✓ Porque teme al abandon?
- ✓ Porque cree que siempre puede haber algo mejor?.

- ✓ Porque piensa que si ama va a estar a merced del otro?.
- ✓ Porque teme intimar, entregarse y ser rechazado?.
- ✓ Porque no encontró el verdadero sentido de la vida?.
- ✓ Porque respira por la oreja en vez de por la nariz?.

USTEDES SE CONTESTAN

Diez conceptos que tenemos que saber acerca del buen funcionamiento de una familia y pareja.

1) La base de una buena familia es un buen matrimonio.

2) El matrimonio es algo que hay que nutrir. Cuando los esposos se olvidan de su rol por estar envueltos completamente en el rol de padres, perjudican a su pareja y a sus hijos, que deben aprender que mamá y papá también tienen su propio espacio.

3) Si uno de nuestros hijos presenta algún tipo de sintomatología, ya sea del comportamiento o en sus grados académicos, debemos saber que para resolver esos síntomas la familia debe cambiar. Un síntoma es una señal de una familia que no es funcional.

4) Una familia sana no es aquella que no tiene problemas: los problemas son inevitables y parte de la vida. Lo importante es tener armas para resolver esos problemas. Evitar, negar o llegar a la violencia son tres métodos que no nos llevan a ninguna solución. Al contrario: crean resentimientos y complicaciones.

5) Es importante saber que nuestros hijos necesitan límites y lógicas consecuencias por sus acciones. Si no lo hacemos, crearemos seres humanos que sufrirán mucho en la vida por no haber aprendido reglas básicas para vivir en sociedad.
Gritar y desvalorizar el comportamiento de nuestros hijos cuando no nos gusta no crea ningún aprendizaje y no logra ningún objetivo positivo. Sólo baja la autoestima del niño y refuerza el mal comportamiento.

6) Es importante expresarse de tal manera que no estemos ni a la defensiva, ni a la ofensiva, y aclaremos qué sentimos y, específicamente, qué comportamiento nos molesta. Por ejemplo:
En vez de decir: "Sos un gran egoísta. Sólo piensas en vos: no quieres a nadie"
Decir: "Quiero que sepas que me siento profundamente herida cuando te comportas de esta, manera (y lo describes). Lo interpreto como una falta consideración hacia mí y me duele. Me gustaría que reflexionaras sobre esto y ver si podrías modificar esta conducta".

7) La base de un buen matrimonio es una buena y abierta comunicación.
Con la posibilidad de sentirnos seguros, de poder ser vulnerables ante nuestra pareja. Cuando esto no ocurre, la intimidad en la pareja está cortada y el sentimiento que prevalece en la relación es de dolor e inseguridad.

8) No postergues tu intención de solucionar los problemas en tu pareja, porque si no se resuelven, crecen con el tiempo y pueden llegar a destruir tu relación.

9) Querete a ti mismo bien. Cuídate y no te postergues. Cuando pierdes conexión con tu propia persona, tu relación con los demás queda trunca.

10) Cuida tu matrimonio. Tu y tu marido deben hacerlo juntos. Tu matrimonio también es como un hijo: si no lo cuidas, no crece.

Qué es una pareja sana

En una pareja sana cada individuo puede ser quién es y no se siente amnezado por ello. Por ejemplo, en mi consultorio he escuchado a un montón de mujeres cuyos maridos
no las dejan estudiar inglés por celos.
¡No lo permitan! Un marido no es el dueño de su esposa y, si él representa un estorbo para su crecimiento, hay

que ir a un terapeuta que los ayude a encontrar un balance en esa familia.

Creo que algo que tenemos que cambiar en nuestra cultura es el machismo, para crear un equipo en la pareja en vez de una pareja despareja, donde uno de los miembros tiene mas poder que el otro. Nadie es feliz en la esclavitud y, de alguna manera, el que ocupa el lugar de amo va a pagar por poner al otro en esa posición.

Recuerden que el machismo es símbolo de inseguridad y debilidad.
Un verdadero hombre no necesita esconderse detrás de esa máscara para sentirse seguro.
Un buen matrimonio es aquel en el que los problemas se pueden arreglar, en que la comunicación es abierta, en el que los esposos cuidan de su matrimonio. En el que hay actitudes de reparación para los errores cometidos y un deseo continuo de encontrar mayor entendimiento.
Falta de conflicto no es sinónimo de buena relación: es sólo sinónimo de una maravillosa habilidad de guardar problemas y hacer de cuenta que no existen.
 Entonces, terminemos con la farsa: "Las parejas que se aman se pelean. El matrimonio está constituido por diferentes etapas y algunas son duras y presentan desafíos."

BAJO NINGUN CONCEPTO ES VERDAD QUE "EL MATRIMONIO Y LA PAREJA FUNCIONAL ES AQUELLA EN LAS QUE NO HAY PROBLEMAS.

El matrimonio esta constituido por diferentes etapas, y algunas son duras y presentan desafíos".

Y ¿qué pasa con tus suegros?

En una familia sana la lealtad mayor es a la pareja formada, más que a los padres.

Muchas veces sucede en las familias hispanas que los miembros tienen mayor lealtad hacia su familia de origen que con la familia que han formado. Entonces, los celos y las competencias se ponen en juego: "Que tu madre se mete en todos nuestros asuntos", "Que tus hermanos me tratan mal y tú no haces nada", " Tu quieres más a tu madre que a mí", "Tus padres malcrían a los niños y después es imposible con ellos", etc, etc.

Cómo evitar estos conflictos:
1) Tener reglas claras.
2) Ocupar y dar a cada uno el lugar que le corresponde.
3) Tener comunicación abierta en la familia y ser sinceros, hablando con respeto y desde el corazón.

4) Tratar de que no haya malos entendidos, y ser claros con suegros y padres.

Tenemos que comprender que a veces a problemas que tienen que ver con diferencias generacionales o culturales. Algunos padres viven en México, Centro América o Sudamérica. Y el ritmo, las reglas y las costumbres empiezan a ser diferentes de nosotros que vivimos en Estados Unidos. Esto trae conflictos: se pueden generar fricciones por tener diferentes expectativas.

Quiero expresar que en terapia familiar nosotros consideramos que en una familia sana, las reglas están claras y la lealtad es para los esposos más que para los padres. Los abuelos ocupan su lugar sin querer puentear a los padres que son los que se ocupan de los hijos y los que determinan sobre ellos. Cuando hay una alianza entre abuelos y nietos, dejando a los padres afuera, se viven síntomas de disfunción en la pareja y en la familia.

Quizá algunas partes de nuestra cultura tengan que ser repensadas: estoy continuamente viendo en mi práctica cómo estos cordones umbilicales que no se rompen nunca con las madres afectan matrimonios, que terminan en divorcio y personas que no pueden crecer y caen presos de la alcoholismo y la droga.

Cuestionémonos para poder tener sentido crítico: eso nos va a ayudar a los latinos de hoy a ser la nueva generación de latinos: exitosos y proactivos.

Historias de consultorio: Historias de encuentros y desencuentros

La mujer omnipotente "yo puedo todo"

Detrás de esa máscara de "yo lo puedo todo" estás vos, una dulce y caprichosa nena que necesita sentirse amada por su papá.

Esa nenita que ante la angustia de NO SER PERFECTA se escondió y escondió sus agujeros y sus faltas. Se metió dentro de un caparazón y se enfrentó a la vida con una gran sed de venganza contra los hombres que, mostrándole lo que tienen, le hicieron notar a ella lo que le faltaba.

Así entró en el sendero del vivir, intentando poder más de lo posible, sin entregar sus debilidades a nadie, ni siquiera a sí misma.

Así fue cada día más perfecta, más eficiente, más completa, más sola... más mecanizada... sus sentimientos cada vez más negados.

Un día, después de muchos años de soledad, de falta de afecto, lo conoció a él: un hombre que prometió

honrarla como a un prócer y amarla hasta decir basta, y entregarse todo...todo...para completarla aún más.
Mezcla de mamá y autoridad militar, mezcla de diosa y jefa, así amó ella, a su estilo, a ese hombre débil e inseguro que se apoyaba en sus hombros y la idealizaba y la amaba desde esa creencia.

Un día, él no pudo más sentirse un consolador a pilas, siempre a merced de los deseos de su mujer y comenzó a fallarle socavadamente. A agredirla con la moneda de la deslealtad, comenzó a serle infiel, a frecuentar prostíbulos. Allí él se sintió más hombre, sintió que era un ser y no un objeto de alguien. Fueron cuatro años de esta doble vida, hasta que ella se enteró y no le perdonó la falluteada.

Ahora sí: murió por dentro de dolor, pero no se lo expresó por una simple razón: ella no podía mostrar su vulnerabilidad dentro de su máscara omnipotente, y comenzó a ponerse más autoritaria y a respetarlo cada vez menos, y a hacer de cuenta que lo usaba, para no demostrarle su verdadero dolor.

El, después de tanta humillación, se retiró y se perdieron, y nunca pudieron ser honestos realmente. Sinceros el uno con el otro.

El compró la imagen que ella le vendió y ella lloró, lloró y lloró con profundo y visceral dolor.

Me enamoré de un extranjero

Cuando se conocieron, ella estaba de vacaciones en Acapulco, un lugar donde han nacido muchas historias de amor, truncas y dolorosas. Tenía veintidós años, su propio negocio, su auto y era muy independiente. Desde muy chica, había empezado a trabajar y era totalmente autosuficiente económicamente.

El era un mexicano que en ese momento estaba trabajando de guía turístico, un hombre complicado de treinta años, moreno e intenso. Como le gustaban a ella.

Se miraron y quedaron prendados uno del otro, perdidos en la mirada, subyugados.

El se acercó a ella, le preguntó en qué hotel se hospedaba, ella se lo comunicó, y al día siguiente, como en un profundo encuentro de dos personas que ya tuvieron historia, hicieron el amor como nunca ella lo había hecho en su vida. Un hermoso encuentro de piel.

Estuvieron juntos tres días y se dijeron adiós.

Ella volvio a México, a su vida atareada, acelerada, llena de responsabilidades. El quedó en Acapulco.

Un año después, la llamó, la fue a buscar y le dijo que no había podido olvidarla.

Ella estaba de novia, con uno de sus tantos novios, estado que usualmente tenía: "novia de". Y lo rechazó. "No tenía ningún porvenir, ninguna seguridad económica, nada para ofrecerme".

El se fue, con el rechazo en el bolsillo, seguro de que no iba a perder ese desafío, le llevara el tiempo que fuera: esa presa no se le iba a escapar.

Cinco años más tarde volvió nuevamente pero tampoco encontró quórum. Había progresado: era un ejecutivo de una gran empresa multinacional. Ella estaba conviviendo con su novio, pero fracasó. Otra historia trunca para su larga lista de historias que no podían ser.

Dos años después regresó nuevamente: ahí sí encontró la puerta abierta.
A ella le habían pasado cosas muy dolorosas: había muerto su mejor amiga en un accidente de auto, sus abuelos también habían fallecido y se sentía muy sola: "Vente a vivir conmigo, deja todo".

Esta vez lo hizo. El primer momento vivieron un romance rosa, de encuentros en hoteles de Acapulco, Puerto Vallarta, Cancún. Todo era excitante, profundo y los encuentros tan deseados. Porque al extrañarse en la separación, se idealizaban y sentían que el gran amor se había hecho presente. Por fin ese gran amor.
Un año después, ella llegaba a Acapulco definitivamente de la mano de su amado para vivir juntos en la casa que él había alquilado.

Al principio encontraron su sistema para vivir y todo era fantástico: compartían muchas cosas y ella se había transformado en una ama de casa.

Pero, muy dentro de sí, ella dudaba de que las cosas funcionaran, que él fuera creíble y que el proyecto de formar una familia fuera posible... aunque sentía que lo amaba.

Tiempo después todo empezó a desmejorar: él ya no era el mismo, se encerraba, no hablaba, no se conectaba con ella.

Ella hacía esfuerzos sobrehumanos para lograr acercarse a él y producía el efecto contrario: él estaba cada vez más reticente. La sexualidad comenzó a disminuir lenta y progresivamente, la pasión ya no existía y tampoco la comunicación.

¡Qué desesperación! En un país extraño, sola, con el que decía amarla, pero ahora parecía desconocerla.

Entonces ella comenzó a hacer un postgrado con una beca. Y justo ahí, en ese preciso momento, él decide invitarla a irse y le saca un pasaje de ida a México D.F.

Todo roto: su vida en destrucción y a empezar de nuevo.

Su vida anterior en México había perdido valor: muchos amigos ya no estaban, muchas manos se habían ido, ya no tenía su trabajo, ni su auto, ni dónde vivir.

A los treinta y cuatro años volvió a la casa de sus padres a empezar de nuevo.

Pero esto no termina acá: él volvió a llamarla para decirle que la amaba profundamente, que era la mujer de su vida, que se iba para México a vivir con ella y que en unos meses iban a empezar a buscar ese bebé tan deseado por ella.

El fue entonces a México, alquiló un departamento y realizó conexiones para representar a la empresa donde trabajaba. Mientras tanto los dos vivían en la casa de los padres de ella. El tiempo pasaba y él no se decidía a mudarse y ella comenzó a impacientarse y el otra vez a sentirse confundido y a NO PODER.

Comenzó a hacer terapia psicológica y finalmente ella lo echó de la casa. Y él, muy ofendido, se fue al departamento que había alquilado.

Conclusión: dejaron de verse por dos meses, hasta que él la llamó para invitarla a cenar. Quería hablar con ella. La pasó a buscar y fueron a comer a un hermoso lugar. La halagó profundamente: "Qué linda" – dijo y le contó que se había dado cuenta de que no quería vivir con ella, de que quería estar solo. Y en ese instante ella comenzó a llorar profundamente y le comunicó que esta decisión la tomaba como la última palabra, sin retorno. El aceptó. Y así se terminó una relación de casi cuatro años.

Qué difícil fue para ella reconstruirse: se quedó con tantos miedos, con tanta desconfianza, con tanto rencor, dolor y desilusión y sin entender por qué.

Hace dos años que está elaborando esta pérdida y todavía no pudo abrirse a vivir un nuevo amor. Porque esta relación la desarmó en pequeños pedazos que lentamente tiene que recoger y pegar para rearmarse.

Él, todos los años, la llama para su cumpleaños y ella, todos los días lo recuerda, para odiarlo, criticarlo, sufrirlo o analizarlo.

UN AMOR QUE NO PUDO SER... UN AMOR QUE NO PUDO... UN AMOR QUE NO... UN AMOR QUE. ¿UN AMOR? ¿Piensan ustedes que es esto amor? Mi respuesta es: "Esto es falta de amor propio, problemas no resueltos de la infancia y miedo al compromiso."

Los que se separan todos los días. El juego de las escondidas

Hotel las Rocas, Rosarito 14 hs.

Un calor sofocante en la calle, un clima refrescante dentro del recinto. Ellos dos estaban sentados en la mesa de una confitería.

- Dos cafés por favor, todo leche y una gota de café.

Y comenzaban a charlar, a discutir, a repetir siempre lo mismo. A mirarse, a tocarse las manos, a sentirse, a desearse.

- ¿Vamos al departamento?

-Dale.

Hacían el amor con una entrega absoluta, luego se vestían y a discutir nuevamente. Este era el deporte favorito que compartían.

A veces se enojaban, iban cada uno por su lado, luego se reencontraban. Ella empezaba a hacer las valijas, él no la dejaba salir o viceversa.

¡Por Dios! ¡Si supieran la cantidad de veces que hicieron lo mismo! Siempre les admiré la paciencia. En tres años, una huída semanal de promedio, mechado a veces con dos veces por semana.

Cada quince días, nos da: doce por cuatro, igual cuarenta y ocho: cuarenta y ocho semanas tiene un año, por tres igual ciento sesenta y cuatro. Ciento sesenta y cuatro veces, él hizo su valija, alternadas con algunas veces en que las hizo ella. Yo me pregunto, ¿cómo pueden dos seres humanos resistir creer ciento sesenta y cuatro veces que un vínculo se iba a terminar, empezar a hacer un duelo por la pérdida y luego volver a empezar? ¡Es de locos! Lo que uno hace para sostener la pasión, ¡Mon dieu!

Así fue el vínculo de ellos, jugaron al ida y vuelta todas estas veces.

Se quisieron mucho. Por un lado eran muy diferentes, por el otro, muy parecidos: ambos soberbios, competitivos, afectivos, drásticos y vengativos. El era la antipracticidad, de esas personas que si están en Rosarito y quieren ir para Tijuana, primero van para Ensenada. No era especulador, pero sí, sumamente cómodo.

Ella detestaba la pérdida del tiempo: calculaba absolutamente todo para no hacer más esfuerzo que el debido y buscar el camino más directo para lograr el objetivo. Lo que más valoraban en la vida era la iniciativa y el empuje

Este era el eje fundamental de sus discusiones, como si fuera el título a desarrollar a partir de aquí temáticas variadas, para seguir en desacuerdo y no lograr ninguno convencer al otro de que su idea era la mejor. Así vivieron tres años y envejecieron diez. Y llegaron a un nivel de hartazgo mayor de lo soportable.

A pesar de todo esto, les costó separarse: fueron y volvieron cada vez con más largo plazo, porque cada vez aguantaban más tiempo sin verse y el tiempo compartido resultaba más insoportable.

Hasta que superaron la adicción. Y dejaron de hacer el ridículo. Y todo se transformó en imperdonable. Y no se volvieron a ver más. Y cada uno hizo su vida. Cada uno siguió su camino. Y nunca se perdonaron no ser lo que el otro quería.

Por supuesto no se guardaron ningún rencor. ¿Se imaginarán? Pero la sensación de amor se fue. Y el dolor también. Y les quedó en el recuerdo algo que les enseñó cómo no debe ser una relación.

Cuando me vinieron a ver, me preguntaron ¿qué es esto? Y les contesté: adicción a una relación enferma, miedo a la realidad y un montón de cosas del pasado no resueltas. Como por ejemplo, en la mujer, una muy mala relación con su madre y miedo a ser controlada. En el caso del varón, súper pegado a su madre y autoestima baja. Conclusión: No estaban amándose con autoestima.

Liliana Cabouli

"Ahora me toca a mi"

Una amiga mía, oriunda de Paraguay, me contó que en su país existe un tipo de parejas que se llaman "calavera", en cuya estructura se permite jugar a seducir fuera del contexto de la pareja o histeriquear, más precisamente, y luego se cuentan todas sus jugadas. Pero son fieles. Esta es la regla, el límite: no se pasa de un simple juego de seducción.

Cuando los conocí me pareció muy oportuno el término, pues los definía.

Ella era una hermosa mujer de cuarenta y siete años, rubia, de ojos claros, esbelta, fría. Con una mirada perdida, unas de esas personas que vive volando más cerca del planeta Marte que de la Tierra. El, un hombre bien vestido, de unos sesenta, desesperado, con una mirada que pedía a gritos ayuda.

Al entrar a mi consultorio, me dijeron: "El problema que tenemos es que ella sale con otro hombre", balbuceaba con la voz entrecortada a punto de llorar, "Y yo estoy desesperado. Hay tomar una decisión, porque no puedo aceptar que ella haga una doble vida. Y me dijo que no lo quiere dejar".

Ella estaba callada, como en otro mundo, decía sentirse muy enamorada de ese otro hombre y querer mucho a su marido, aunque hacia tres años que las cosas no funcionaban; pero él no se quería percatar de eso. Y esto había sido el detonante: aquello que le daba fuerza a ella para decir basta.

"Yo te quiero mucho" le decía él. "Amo a esta mujer", me decía a mí. Pero ella, como indiferente, como cubierta con una campana de cristal, lejos de todo, sonreía. Como si estas palabras no lograran conmocionarla. No sé si se defendía del dolor que sentiría al ver que su familia se desarmaba. O disfrutaba de ver la desesperación de ese hombre que por años no había podido entenderla ni registrarla. O su nuevo amor la tenía embelesada, como si hubiera vuelto a los quince años.

El actuaba como un padre y también como un hijo: la comprendía y luego le ponía límites. La quería retener a su lado, la odiaba, le pedía a gritos que las cosas volvieran a la normalidad. Pero, por otro lado, se ponía intransigente: "De casa yo no me voy, ella se tiene que ir y no le voy a pasar más dinero".

A ella nada de esto le importaba: no luchaba por cambiar la idea de su esposo, creo que quería crecer, ser libre, borrarse de la rutina, de la tristeza que la había embargado por tanto tiempo.

Quizá quería enfrentarse al espejo y descubrir quién era. La vi tan indefensa, sin la posibilidad de expresar en palabras todo lo que sentía, sabiendo que de algo quería huir, pero no sabiendo de qué.

El me contó, delante de su mujer porque ella lo sabía, que durante estos trece años que habían compartido había salido con otras mujeres.

Existía un pacto de aceptación. Como en un vínculo padre – hija o madre – hijo en el que hay cosas que se toleran, porque la incondicionalidad y la dependencia son más fuertes, se perdonan las infidelidades.

Ahora no viven más juntos: se han separado. Ahora es el turno de ella de crecer, de elaborar sus problemas con su padre, con su madre y dejar de tapar su realidad con amantes y engaños rompiendo su propia integridad.
Conclusión: Una relación basada en el engaño jamás funciona.

La ciclotímica y el ezquizoide

Ciclotímica como ella no había dos. Un día bien y otro mal, un momento tocando el cielo con las manos y al siguiente en el más profundo de los desasosiegos. Esa mujer, con los ojos del color del tiempo, estaba enamorada perdidamente de un hombre ensimismado y ezquizoide que se mostraba con su imagen corporal "mírame y no me toques". El también decía amarla: en esos momentos en que su nariz asomaba al exterior le gritaba "Te amo". Pero entre los vaivenes y la inexpresividad fue difícil la danza que decidieron bailar.
Ella sufría sus desaires, él sentía miedo a lo inesperado: "¿A quién me voy a encontrar hoy?". Se querían tanto que soportaban por demás todo lo agresivo que la situación muchas veces era para los dos. El desaparecía y ella se vengaba. El se defendía y ella con granadas

de mano lo desestructuraba. El ponía límites a tan apabullante personalidad.

Finalmente, llegó el día en que no dieron más: Basta de manipulación, basta de no poner las cosas en la mesa, basta de reclamos, basta de huidas, basta, basta, basta. Pero, aunque no se soportaban, sentían una fuerte atracción.

Cada uno entonces siguió haciendo su vida, pero con un gran dolor dentro de su corazón. "¿Por qué no nos habremos aceptado tal cual somos?" "Pero si ella es tan divertida, me hace sentir vivo". "Pero si él es tan firme, me da seguridad." "Pero si ella me gusta tanto, disfrutaba de nuestro momentos de intimidad". "Pero si él es tan tierno y tan apasionado."

Y así, con la posibilidad de reflexionar y sin tener con quien pelearse y competir, ellos individualmente empezaron a valorar las virtudes de su pareja y se arrepintieron mucho de no haberlo hecho de otro modo: en vez de estar todo el tiempo criticando sus incapacidades, hubiera sido mejor haber intentado ver las virtudes.

Cuando luego de un tiempo él decidió volver a buscarla, ella se había ido a vivir a Puerto Vallarta. Había conseguido un buen trabajo y pensó que poniendo distancia superaría el dolor.

El no la volvió a encontrar. Ella no lo pudo olvidar. Finalmente, cuatro años después, se casaron y tuvieron hijos con otras personas. Pero nunca se olvidaron uno del otro. Y la duda quedó para siempre en cada uno. Si hubiese sido distinto...

Ninguno de los dos fue feliz en su matrimonio. Ambos se separaron.

Diez años más tarde, ella volvía de Puerto Vallarta a San Diego: extrañaba mucho y nunca había podido sentir que ese era su lugar. Con sus dos hijos a cuestas volvió después de mucho andar a conectarse con toda su vida anterior: consiguió trabajo y alquiló un departamento.

Un día, paseando por en una librería, se encontraron: se miraron, quedaron perplejos y, aunque no lo crean, no se hablaron ni se saludaron. Ninguno sabía de la vida del otro. "Seguro que se casó", pensó ella. "Ya debe tener hijos" pensaba él. "Cómo la quise". "El fue mi gran amor." Pero nada se dijeron y por orgullo y miedo no se enteraron jamás del arrepentimiento que tuvieron los dos por no haber actuado diferente.

¿Es una historia de amor? ¿Ustedes qué piensan ?

Yo creo que es una historia de incomunicación y de orgullo extremo.

Una conquista que les costó carísimo

Cuando ella lo conoció, él estaba entremezclado entre un grupo de personas que estudiaban baile. Un amigo de ella estaba dentro de ese grupo. Se acercó a saludarlo y ahí lo vió. Le gustó esa onda latina, esa pinta de extranjero, entre tránsfuga y caballero, entre extraño y familiar.

Le pregunto a su amigo: - ¿Quién es ese tipo?

- Un mexicano que vivé en Venezuela unos cuantos años.

- Mira tú, - le dijo.

Fue recíproco: él también preguntó por ella.

Ella deseaba que él la invitara a bailar. Y así lo hizo y comenzaron a danzar salsa. Ella era un socotroque. El bailaba como los dioses: movía sus caderas y sus pies con una gracia y una sensualidad que a ella le impactó.

El intento besarla como si se sintiera atraído por el olor de su piel.

Ella lo alejó de su cuerpo, lo miró y le dijo mirándolo a los ojos: "Por favor, ubícate", y parece que a él le gusto esa respuesta.

Bailaron como dos o tres horas. Luego ella le dijo "chau". El la corrió, le dio su número de teléfono y le dijo: "Yo sé que vos me vas a llamar". A ella le molestó profundamente su soberbia y le contesto: "No sé. Lo veré".

En la tarjeta que el le dio, además de decir su nombre, apellido y teléfono, había dibujado una raqueta de ping-pong: la competencia se iba a desencadenar, e iba a superar cualquier tipo de sentimiento amoroso. La competencia destruyó esa posibilidad de amor.

Ella no pensaba llamarlo, pero de repente no pudo resistir la tentación y lo hizo. El la atendió: tenía un tono de voz muy especial, mezcla de peruano, argentino, cubano y mexicano. De todo menos del país en el que había vivido tantos años: Venezuela. Ella conocía bien ese acento porque su madre era oriunda de allí.

¡Qué contento se puso él al recibir ese llamado! Hablaron horas por teléfono, como los adolescentes de quince años. No se sabe de qué hablaron: a menudo, el deseo de no cortar la comunicación aumenta el diálogo y nos transforma en grandes creativos de diversos temas acerca de la vida.

Arreglaron para encontrarse el miércoles siguiente a las diez de la noche, en un barcito de Tijuana. Cuando ella llegó, él ya estaba ahí. A ella le encantó su cara, su gesto, su forma de vestirse y ese no sé qué que él tenía. Algo la atraía poderosamente a ese hombre. Y la atracción era mutua.

Hablaron mucho. Ella enseguida se dio cuenta de que el tipo era un seductor incurable. Notaba ese aspecto infantil y muy seductor. El le pidió que le diera la mano y ella se la tiró como si fuera un cacho de bife. A él le pareció muy cómico y comenzó a acariciarla. Ella se derretía, pero su cara no expresaba absolutamente nada: no iba a ser cuestión de que se diera cuenta que se estaba calentando.

Cuando se despidieron, él quiso besarla y ella corrió su cara, besó su mejilla y se fue hacia el auto, huyendo. El se despidió y quedó parado frente a ella. Qué asustada estaba! Por miedo a sentir, arrancó el auto y fue a protegerse a su cueva.

Al día siguiente el empezó a llamarla con insistencia.

Volvieron a verse el sábado. Fueron a ver una obra de teatro y después a bailar.

El llego media hora tarde al y cuando la vio, un hombre estaba encima de ella, hablándole sin parar, porque quería invitarla a tomar un café. "Parece que no vino tu caballero encantado", decía. Y ella no sabía cómo sacárselo de encima, su estado de nerviosismo iba en aumento, y ya tenía ganas de matarlo a ese desgraciado que se hacía esperar. De repente, él baja de un taxi, entran al teatro, paga las entradas y ven toda la obra, sin acercarse en ningún momento.

Un café en Tijuana ... y el momento del acercamiento se dio. Se besaron. Ella empezó a sentir algo en su cuerpo muy fuerte, muy fuerte, como nunca había sentido. Ese hombre la desbordaba de pasión. El contacto de piel era muy intenso y era la primera vez que ella sentía algo igual. ¡Qué susto! ¿Qu es esto? Todo su ser quedo inmóvil. Hasta que él le dijo: "Quisiera decirte algo, quizá pienses que es muy apresurado, pero así lo siento: te quiero".

Ella sentía lo mismo, pero estaba horrorizada por el descontrol que estaba experimentando.

Luego fueron a bailar, y se hicieron las dos de la tarde del día siguiente. El la atosigaba besándola, tocándola y haciéndole sentir.

De repente, la cabeza de ella empezó a funcionar. La razón le ganó al corazón, como ocurre generalmente. "Me voy", dijo ella. "No, por favor no te vayas", él.

"Chau", y literalmente desapareció. Al primer instante sintió un gran alivio. Luego, pasadas las horas, pudo comenzar a disfrutar de lo que había pasado.

Esto es lo que le pasa a los fóbicos, para quienes no los entiendan. Así viene la mano, sólo hay que darles tiempo: cuando el miedo aparece y los desestructura.

Así comenzó un hermoso romance que terminó en un precipitado matrimonio en Venezuela, a los tres meses de esto que acabo de contar.

Fueron unos hermosos primeros cuatro meses de matrimonio: era como estar de vacaciones. El se compro una moto y la iba a buscar a todos lados. Tomaban cafecitos, charlaban, hacían el amor. Era maravilloso. Pero, como todo lo excesivamente excitante, no podía ser eterno.

Aproximadamente a los siete meses de estar juntos, la guerra comenzó. Y terminó dos días después, luego de una larga lucha con artillería y granada de mano.

Conflicto fundamental: el era un desfasado económico. El trabajaba en una empresa hacía unos cuantos años. Y estaba obsesionado por la ropa: le gustaba vestirse bien. Tenía como sesenta camisas y también, aunque no viene al caso, una lista de sesenta mujeres que había averiado. Pensándolo bien era una camisa por mujer: eran directamente proporcionales sus compras de ropa a sus relaciones con las mujeres.

Ella lo llamaba "el zorro", porque él tenía una serie de preceptos casi bíblicos de lo que una mujer tenía y no tenía que hacer y de lo que la hacía buena, mala, interesante, desechable, etc. etc.

El hombre odiaba a las mujeres infieles, odiaba que una mujer mirara a otro hombre cuando estaba con su pareja, odiaba que las mujeres quisieran lo que a él no le parecía que tenían que querer. En concreto, todo un fascista.

El iba por la vida intentando enseñar sus normas, que eran universalmente válidas para él. Hasta que a ella se le ocurrió la triste y desastrosa idea de intentar hacer un negocio con él. Y eso empezó a arruinar la relación. La gente no le pagaba. Frente a ella, en vez de quejarse de esa falta de integridad continua, de esa falta de ética y de cumplimiento, él defendía a sus clientes. Y competía con ella.

"Yo te voy a demostrar que nadie me va a dejar sin mis pagos", decía él. Y no sólo no lo podía demostrar, sino que por la incapacidad de aceptar la realidad, por no poder aceptar que estaba equivocado en su sistema de venta basado en una gran confianza, cada vez metía más la pata. Esto iba enloqueciendo cada vez reas a ambos: peleaban día y noche.

La sexualidad era ya para ese momento lo único que los unía: esa piel, esa química que desde el primer momento los unió y que nunca se había ido.

El deseo era el punto de unión. Los esquemas diferentes de pensamientos y forma de actuar, el punto de ruptura.

La escalada iba en aumento. Llegaron a pegarse, a amenazarse, a mirarse con el más profundo de los odios. Ella estaba en la ruina: fea, cada vez más gorda. Y él también, pero al revés: casa vez más flaco, cada vez más anoréxico. Ella cada vez más bulímica: a él cada vez le gustaba menos la comida, ella podía comerse una suela de zapato y considerarla riquísima.

¡Qué ruina! ¡Por Dios, qué dolor! ¡Qué profundo dolor! "¿Me habré equivocado?", se preguntaban ambos.

El sello final lo dio la compra de un local en Tijuana. Recuerdo que ella me comentó que una vez, mientras estaban arreglando el local, a él se le cayó aguarrás en los ojos, y ella se encontró muy sorprendida porque - a pesar de que le dio vergüenza contármelo- disfrutó que sufriera y le doliera. Y eso realmente la asustó.

Era como si quisiera matarlo y podría haber llegado al homicidio, creo que a él le pasaba lo mismo. Ella decidió entonces actuar como solía hacerlo en los momentos límites: borrándose. Lo dejó con el local a cuestas y se fue a Miami por quince días. Viajó con una gran angustia en su corazón y con la idea de alejarse, para poder tomar la decisión de terminar la relación definitivamente.

Pasó unas buenas vacaciones, a pesar de que ese recuerdo la atosigaba, porque ya había tomado la decisión: terminar definitivamente con ese matrimonio, que tantas angustias le creaba y, cuando llegó, le comunicó su decisión.

El se quería morir: no estaba en sus planes que esto ocurriera. Porque ella estaba totalmente incluida en su vida y que se abriera no era una posibilidad tenida en cuenta para él.

¿Si supieran lo que hizo él para intentar que ella se diera cuenta de su amor?

Finalmente, un mes después volvieron a vivir juntos, cada tres días el hacia sus valijas y se iba, y sino ella se las hacia.

Así vivieron seis meses más: una semana juntos, otra no, un día sí, otro día no. Pensaron que viéndose menos y viviendo en países diferentes todo podría funcionar mejor. Pero tampoco funcionó.

Finalmente, en julio, ella viajó para verlo. Y tuvieron un accidente en un taxi que chocó con otro, cuyo chofer estaba totalmente borracho y venía a contramano a 120 km por hora.

Conclusión: fractura de ingle, tres meses rengueando, y unos cuantos días sin poder caminar.

El resentimiento había empezado a crecer. El empezó a cambiar: estaba más indiferente. Porque esos meses que había estado lo habían hecho reflexionar acerca de muchas cosas sobre sí mismo y sobre su relación. Entonces, cambió su actitud para con ella: la trataba con más frialdad, estaba muy dolido.

Cuando cuento esto quizá ustedes, piensen que él era una pobre víctima, pero no es así: él la había dañado mucho con sus impulsos, sus palabras, sus desfasajes económicos, sus anillos de oro de regalo, seguidos de no tener un peso para pagar las cuentas.

Con más idas y con menos venidas se fue terminando todo eso que había nacido en forma tan intensa y abrupta.

Finalmente, en el mes de Julio, habiendo pasado casi dos años de haberse conocido, ella decidió cortar definitivamente la relación.

El juego terminó porque uno de los participantes se retiró. Ella me contó después que le dolió el alma, pero que pronto apareció una nueva relación que le permitió sostener esa decisión. Ella pensó que con esa nueva pareja las cosas iban a funcionar mejor, pero al contrario: fue peor la caída, porque no estaba aún entera para poder entregarse a ese nuevo ser que había aparecido en su vida. Entonces, también terminó esta relación para poder en realidad conectarse con el dolor de haber perdido un relación y construirse nuevamente. Para sentirse entera y reencontrarse consigo misma. Para desde ese nuevo lugar poder entregar un buen amor.

Me enteré tiempo después de que ella volvía a casarse paradójicamente con ese hombre que había conocido en un momento inoportuno. Tuvieron dos hijos y todo lo vivido anteriormente quedó en su mente como un buen recuerdo: una pasión que le enseño y le permitió valorar y registrar el verdadero amor.

La pasión es gozosa, pero destruye y perfora cuando no está acompañada de amor, que es un acto conciente de desear lo mejor para el otro y de estar juntos en las buenas y en las malas y de respetarse. El amor unifica.

Otra historia de amor sin autoestima.

Punto en común de todas estas historias son relaciones de personas que tiene miedo a la intimidad y al compromiso y al fracaso. Hablemos de ello.

Miedo a la intimidad

Me preguntan por qué le tenemos miedo a la intimidad. Mi respuesta es porque tenemos miedo a ser descubiertos, miedo a no ser aceptados como somos, miedo a que "si me conoces realmente no me aceptes". También le temamos a quedar atrapados en una relación si estamos cerca, por ejemplo, si de pequeños hemos tenido una relación con nuestros padres muy pegoteada y nos ha costado despegarnos, al casarnos tememos llegar a la misma situación: estar tan cerca que nos pueda costar nuestra identidad. Miedo a sentirnos vulnerables y a depender.

Yo les haré esta pregunta: ¿Qué es mejor: vivir una vida a medias con miedos o vivir en plenitud?

De qué vale vivir a la defensiva por temor a ser lastimados, previniendo el encuentro tan maravilloso que se puede dar entre dos personas. ¿De qué sirve? La vida pasa y nadie nos hará recuperar todos esos momentos perdidos.

Yo quiero invitar a las parejas a amarse y a no temer a la decepción. Aunque algo se termine, vale la pena haberlo disfrutado y que el recuerdo de un buen encuentro quede grabado en nuestro corazón.

Esto aplica también a los hijos: muchas veces no conocemos a nuestros hijos, porque tememos a una relacion profunda por miedo a sentir dolor cuando se vayan.

Diez consejos para mejorar la intimidad

1) Comuníquense abiertamente acerca de sus sentimientos. Hablen de su relación con el otro. Por ejemplo, proponer: "Hoy me gustaría que hablemos de nosotros, de cómo nos sentimos uno con el otro".
2) Hablen de lo importante que son el uno para el otro, de lo que respetan en el otro.
3) Ámense a ustedes mismos. La base de la buena intimidad es tener una buena autoestima.
4) Respeten sus necesidades. Conéctense con quienes son y no violen su propia integridad. No se olviden de ustedes mismos y de sus principios por amor a alguien.
5) Una buena intimidad está basada en dos personas que tienen autoestima y una identidad definida.
6) Superen sus miedos a entregarse y a ser lastimados. En una mala experiencia, la intensidad en que somos lastimados depende de cuánto poder le demos a las malas experiencias para dictar nuestra vida y resentirnos.
7) Nadie nos podrá lastimar sin nuestro permiso. Ejemplo: si alguien que amé me engañó, debo pensar que es su pérdida y no la mía, porque yo he sido leal a nuestra pareja, por la integridad a mi propia persona.

Un hombre o mujer que no lo hace no es merecedor de mi sufrimiento.

8) Veamos la vida como una aventura con tropiezos. No permitamos que nuestras malas experiencias nos resientan y nos limiten lo hemoso que es vivir.

9) Ama con profundidad, con honestidad y con valentía.

10) Arriésgate a la vida: vale la pena. Recuerda, VIVIR CON MIEDO ES VIVIR A MEDIAS.

El miedo al fracaso

Por el miedo al fracaso, mucha gente toma la decisión de no arriesgar. Es mejor quedarse con la duda o aceptar la derrota que luchar y descubrir que hemos perdido. Esto tiene mucho sentido ya que las personas que toman esta desicion tiene una autoestima muy frágil, que se sentiría destruida al experimentar un fracaso. Entonces, ¿Cuál es la solución a este problema? ¿Vivir en el miedo o aumentar y trabajar en la autoestima? Yo diría que la segunda opción.

Deberemos entender que nuestra persona no está constituida por nuestros logros o fracasos: el hecho de que yo triunfe en un área de mi vida no me transforma en una triunfadora, ni el hecho de que fracase en un área de mi vida me transforma en una fracasada. No está mi identidad en juego a cada paso de mi vida. Uno es quien es, y nuestras acciones reflejan quiénes somos. Si pongo pasión en lo que hago más allá de triunfar o fracasar, seguiré siendo una persona apasionada. Si soy amoroso, afectivo y conectado con mis emociones lo seré amén de fracasar o triunfar.

La idea que quiero transmitirles es que no vale la pena limitarnos a no tomar riesgos, porque nuestra persona y amor propio esta frágil. Son dos cosas diferentes: una es quien soy yo y otra son los triunfos o fracasos que la vida me pone enfrente para crecer.

Queridos latinos: aprendamos a ser fuertes y a tomar riegos. Ganar es el resultado de haber perdido varias veces. Nadie tiene la vida tan fácil como a veces creemos. "El pasto del vecino es más verde".

Todos debemos luchar para conseguir lo que buscamos, para lograrlo es cuestión de ser perseverantes, de no darnos por vencidos y de tener la meta clara, sabiendo que seguramente encontraremos muchas piedras y obstáculos en el camino y nos sentiremos cansados y frustrados como parte del andar. Pero vale la pena .

La vida es una aventura que vale la pena ser vivida.

Terminemos con la farsa: la perfección en el matrimonio no existe.Hay parejas que con la frente bien alta y tratando de crear envidia dicen: "Nosotros nunca nos peleamos". Eso no es síntoma de un buen y sano matrimonio, sino que muchas veces esa falta de conflicto esconde una gran cantidad de dolor y de resentimientos que quedan tapados. Y muchas veces esas son las parejas que vienen a terapia por engaño, por repentino deseo de divorcio o por falta de amor propio.

Comunicación y respeto: el secreto del buen matrimonio

El respeto envuelve la lealtad: implica no ejercer la violencia doméstica y no herir al otro por venganza. La comunicación implica conocerse, abrirse, ser honestos, expresar con palabras lo que se siente y piensa.
Para que esto ocurra, necesitamos fundamentalmente amarnos a nosotros mismos, conocernos y respetarnos, porque recuerden que no se puede dar lo que no se tiene para uno mismo.
Veo con tristeza separaciones y peleas tan inútiles que podrían evitarse si la gente tuviera el deseo de trabajar más en el amor y menos en el reproche. Eso no quiere decir que no es normal pelear en la pareja, porque no existe ninguna pareja que no pelee. Pero hay que poner reglas para pelear.
UNA IMPORTANTE PREGUNTA QUE DEBEN HACERSE ES "¿YO ESCUCHO A MI PAREJA CUANDO ME HABLA?" O ESTOY ENCERRADO PENSANDO EN LO CIERTO QUE ESTOY Y LO INJUSTO QUE ES TODO".
Yo veo dos patrones que se repiten sin cesar: el que no pone nada para mejorar una relación y el que pone

demás tolerando más de lo debido y viviendo una vida sin dignidad ni amor propio.

Qué difícil encontrar el equilibrio, el equilibrio de la conexión madura entre dos seres que deciden compartir sus vidas juntos sabiendo que esto significa momentos buenos, malos y un final, porque la muerte es inevitable.

Hombres y mujeres del siglo 21 tienen que vincularse de manera diferente, porque el mundo ha cambiado y nos exige comportamientos diferentes. Una pareja en el que uno colabora con el otro.

Entremos en la etapa del compañerismo y entendimiento, dejemos de lado el querer controlar al de al lado y aprendemos a controlarnos a nosotros mismos. Crezcamos para poder estar a la altura del progreso que hay en el mundo.

Queridos latinos: hagamos el esfuerzo de mejorar nuestras parejas y familias para evitar el sufrimiento de nuestros hijos. Para evitar ver peleas, desamor, falta de respeto, engaños, golpes y alcohol. Démosle un futuro mejor .

Cartas varias

Escribir cartas a las personas que nos lastimaron es muy tranquilizador y nos permite canalizar y procesar la experiencia y el dolor que la acompaña. Yo invito a mis pacientes a que lo hagan. Escribir a tus padres, a tus ex maridos, a la persona que te abusó sexualmente, a tus hijos, a un hombre o una mujer que te lastimó. A continuación van a leer algunas cartas que, inspirada por algunas pacientes y sus experiencias, escribí para que puedan tener un ejemplo. Quizá con mis palabras toque muchos de sus corazones y ponga palabras a sus sentimientos.

Parte del tratamiento terapéutico que propongo es escribir una carta honesta a sus padres, sin pensar en cómo se van a sentir, ya que no es obligación entregarla: depende de la situación del paciente.

Es muy tranquilizador expresarse y crear cambios. Acá pongo el ejemplo de una carta que una paciente me autorizó a publicarla si la mantenía en el anonimato.

Léanla y hagan una ustedes.

Liliana Cabouli

Carta a un padre

Te mando esta carta por tu cumpleaños y también para expresarte lo que siento cuando veo que no eres capaz de llamar por teléfono a nadie.

Tú me enseñaste que las acciones hablan más que las palabras y así es como pienso que tus acciones muestran continuo desinterés e indiferencia, antes no te creía y ahora creo que realmente estás lleno de esos sentimientos hacia tu esposa hijos y nietos.

Eso es muy triste para mí, amén que siempre sentí eso: que lo más importante para ti era tu trabajo y punto.

Eso se llama trabajador alcohólico, pero obviamente tú no lo vas a poder ver ya que careces de capacidad de auto observación.

Por lo visto, también estás un poco autodestructivo ya que te expones a tantas cirugías y no consultas con otros profesionales poniendo tu salud en riesgo, lo que me demuestra que esa indiferencia ya te ha comido a ti mismo. Lo siento por ti y eso se llama depresión.

Lamento que siempre des la impresión de rechazar y desinterés.

Voy a aprender de tus errores para no cometerlos.

Sé que no me pediste mi opinión y quizá sea una falta de respeto dártela sin que me la pidas, pero realmente que feo que queda que tu esposa esté acá por un mes y tú jamás llamándola. ¡Qué imagen para tus nietos!

No te molestes en litigar y tratar de mostrar tu punto de vista, porque ya conozco tus respuestas y también sé que no te importa lo que yo te diga, porque estos mecanismos los aprendiste de tu familia y pretendes continuarlos, como la abuela lo hacía, que nunca llamaba.

Tu teoría de no querer molestar no es válida, porque a nadie le molesta ser querido y recordado.

Realmente lo lamento... pero no por mí, por ti, porque no sabes disfrutar del amor.

Carta a una madre

Cuando crecía, sentía que no podía conformarte, que hiciera lo que hiciera no iba a ser suficiente. Te temía. Al crecer aprendí que no iba a permitir que tu inconformismo en la vida afectara mi existencia. Siempre creíste que era fuerte hasta cuando mis piernas temblaban por tus gritos y tus manos agarraban mi cabellera para lastimarme.

Cuando crecí y tuve 13 años empecé a estar enojada: muy enojada por tu falta de comprensión y de entendimiento a mis necesidades. Pensé que no valía para merecer el amor incondicional de mi madre.

Nunca entendí como podías ser tan violenta. Pasaron los años, me hice mujer y comprendí lo difícil que es ser madre. Uno no quiere ver a sus hijos equivocarse.

Con muchos años, pude perdonarte que no hayas estado para mí de la forma en que yo necesitaba y entendí que tampoco tus padres habían estado para ti.

Perdonarte a ti fue decidir no darte el poder sobre mí del rencor. Te agradezco: me mostraste que podías hacer un esfuerzo par mejorar las cosas y te suavizaste con el tiempo. También me pediste perdón y eso hizo una gran diferencia. Gracias por la oportunidad de revertir la situación.

Al hombre que va y viene "No soy tu madre, incondicional, que siempre te esperara: que te quede claro".

A ti, hombre que va y viene te hablo.

A ti, porque en el lapso de tu ida y vuelta mi humor y mi vida se modifica.

Quisiera decirte que estoy cansada de jugar este juego interminable. Que estoy harta de tus palabras, que se las lleva el viento.

Que difícilmente puedas integrarte conmigo. Porque tu intermitencia no te lo permite.

Vos no sos el hombre que yo necesito, por el que renunciaría a mi absoluta independencia y libertad.

¿Sabes? Todas las cosas que me ocurren entre tu ida y vuelta me enfrían, me congelan, me hacen desconocerte. Me hacen descubrir tu falta de "incondicionalidad". Tú falta de compromiso. Que fácil es para vos llenar tus espacios en blanco con mi persona y mi afecto.

Para mí también lo es: no modifiques mi vida, solo completa algunos espacios También a mí me conviene, sostengo así mi fobia y mi miedo al compromiso.

Pero quiero decirte que así no se construye.

¿Me entiendes? Así, no.
¿Y es esto amor?

PARA VOS QUE YA NO PUEDES ENTREGARTE. PARA VOS, HOMBRE CON BARRERAS. PARA VOS QUE SIEMPRE ESTAS ESCONDIDO.

Al adicto al trabajo

Vos que estás tan triste, tan solo en tu dolor del desamor. Vos, pobrecito ser que se prohibió amar por miedo.

Cuando te miro siento tu dolor, tu tristeza y tu soledad. Tu desesperación por trabajar cada vez más para tapar tu angustia existencial.

Cómo quisiera conectarme con vos, entrar dentro de tu ser. Si me dejaras recorrer tus recovecos, tus cuevas ocultas, acompañarte en tu soledad, estar en tus neuronas y reprogramarlas para que pienses diferente. Y acunar tu corazón desde adentro, ponerle una manta, y acunarlo al son de una suave música.
Cómo quisiera ver si puedo amarte.
Te escondes detrás de tantos pelos, tanta barba, tanta ropa, tantas palabras. Te escondes.
Hay alguien especial para vos, única, tu compañera y amiga, amor.
Pero nunca vas a dejar entrar a nadie ¿verdad? Es tarde para vos: ya te enviciaste de tanto dolor y rencor, ¡qué lastima! ¡Qué pena! ¡Que rabia! ¡Que imposible!

Carta a un mujeriego

Tenía ganas de escribirte, quizá porque es la forma en que puedo expresarme mejor, sin limitaciones.
A veces me pregunto por qué estarás incapacitado para dar y recibir afecto.
A veces me pregunto, cuando hablas de tu miedo a enamorarte, ¿es eso verdad?
A veces me pregunto si cuando una mujer siente ganas de verte o te extraña sabrás que es porque te está idealizando, porque no quieres compartir tu tiempo con ella y no porque realmente hayas entrado en su corazón.

A veces me pregunto por qué desvalorizaras tanto lo hermoso que es sentir, por que priorizas el deseo al amor.

A veces me pregunto qué podrá unirte a alguien, si siempre colocas un abismo entre vos y el otro.

Lo lamento tanto por vos. Lamento que no puedas sentir lo hermoso que es entregar el corazón. Quizá, si lo hicieras, si lo sintieras, si lo permitieras, tendrías que correr menos en busca de cosas que te producen más insatisfacción y vacío.

A veces me pregunto si alguna vez habrás hecho el amor, habrás sentido que necesitas de alguien, de la cálida presencia del otro, donde no hay especulación, ni juego de escondidas, ni te quiero agarrar o me quieres atrapar.

¿Por qué no te permitirás ser feliz? ¿Por qué no intentarás encontrar a alguien que te llegue, que te emocione, que te movilice y a quien vos le produzcas lo mismo? ¿No te gustaría sentirte mimado y mimar, sentirte querido o querer?

Tus palabras son tan lindas, tan teatrales, pero tienen tan poco que ver con actuar.

Si realmente quieres a alguien, no la dejes ir, no la alejes de tu lado: dale un lugar en tu vida, ni de amante, ni de esposa, ni de pareja. ¿Que tal iría en el lugar de "tu amor"?

¿Cambiarías por esto tus aventuras?

Ya eres un hombre grande y quizá yo sea una idealista que todavía cree en algo que vos, con tu larga trayectoria, descubriste que no existe.

Quizás tú pierdas el sentido de la vida.
Quizás no conozcas lo más hermoso del vivir.
Quizá... quizá... nunca dejes de ser un hombre con una gran inseguridad.

Carta a un ex marido

Hoy, cuando nos vimos, sentí toda esa ternura que hubo entre nosotros. De repente se me llenaron los ojos de lágrimas y quise disimularlas. Me las tragué y me despedí. Hace tantos años que no me tratabas bien. De pronto extrañé ese amor que sentíamos, esa fortaleza que me daba quererte y que me quisieras. Me dijiste "cuídate", como antes, y yo extrañé tus cuidados.

Nos amamos mucho ¿verdad? y fuimos muy inmaduros para saber cuidar lo que construimos: se nos cayó el techo encima y nos lastimó mucho. Una parte nuestra murió aplastada, la otra sobrevivió.

Quizá, si te dijera esto, llorarías conmigo por el dolor de habernos perdido, cosa que no hicimos hace cuatro años.

"Mañana voy a empezar algo nuevo", te dije. "Suerte, te va a ir muy bien", me dijiste, y los dos sentimos esa ternura que había entre nosotros, que era muy fuerte y muy profunda.

¿Serás feliz con tu nueva mujer?

Sé que sufriste mucho, que te hice sufrir. Sabes que sufrí mucho, que me hiciste sufrir.

¿Cómo estarás hoy? ¿Serás feliz?

Yo no he encontrado lo que necesito: me he quedado con la incapacidad de construir... quizá por miedo a destruir.

Yo no te amo, pero igual te quiero y te deseo lo mayor.

Veo a nuestros hijos y pienso "los hicimos, juntos por amor". En el omento en que nadie podía haber sido más importante para nosotros que nosotros mismos, vino nuestro bebé. Nos asustamos mucho de la responsabilidad que significaba criarla y nos tiramos la pelota mutuamente. Nos criticamos nuestras incapacidades, en vez de ayudarnos. Nos tiramos a matar y nos matamos, junto a la familia que no llegamos construir y le quitamos a nuestros hijos la posibilidad de tener a sus padres juntos, ¡qué lástima! ¿Verdad?

Carta a tu amigo del alma, ese que en realidad está en silencio enamorado de vos

A ti, un ser bondadoso y emocional disfrazado de fea bestia. A ti te escribo, mi muy querido y entrañable amigo del alma, compañero de tantos momentos difíciles.

A vos, que fuiste un ser incondicional en mi dolor. Que con tu silencio y chistes sarcásticos estuviste presente y me dijiste aquí estoy, a pesar de tu cara de duro, de tu imagen de supermacho. He sentido tu profundo cariño y, por qué no decirlo, tu amor.

Espero que vos puedas sentir lo importante que has sido para mí. Lo valoro y te quiero. Y cuánto deseo verte feliz, acompañado por una mujer que pueda registrar toda tu ternura, todo lo que eres en realidad. Que pueda contenerte y valorarte como lo mereces. A pesar de nuestro alejamiento, a pesar de que ya casi no nos vemos, todos los momentos compartidos quedan sellados en mi mente y en mi corazón.

Y aunque digas que has sido bueno por demás conmigo y te arrepientas de tu entrega absoluta, espero que te des cuenta de que no vale la pena arrepentirse de haber dado lo mejor de uno a alguien. Y además a alguien como yo, que he intentado cuidarte y estar siempre. Siento que te he dado la mejor parte de mí y siempre te he respetado.

No te arrepientas...no te arrepientas....

Lo más hermoso que la vida nos dio a los seres humanos es la capacidad de conmovernos frente a un otro. No te arrepientas. No te arrepientas de haberme querido.

Carta al amigo envidioso

Ayer me encontré con un enemigo de esos que se disfrazan de amigos y te patean la nuca sin cesar en nombre del cariño.

Todos los puntos que más me duelen los tocaste, no para dame una solución sino para poner en tela de juicio todo mi ser, preguntas sin respuestas, intrigas sin coherencia lógica.

Me pregunté por qué lo hacías.

Estás lleno de envidia, viviendo una vida que no elegiste, que no deseas, alienado en tu profunda infelicidad. Sin poder soñar que en realidad tu vida puede ser mejor. ¿Por qué te comparas? Cada uno es lo que es y no sirve poner al de al lado como parámetro para crecer. Igual que... como que... ¿Para qué?

¿De qué te sirve poner al paraíso en el infierno ajeno?

Cada uno de nosotros tenemos la cruz y nuestro lugar donde reposar. Algunas se ven más que otras, pero no dudes que todos, por más maravillosos que parezcamos, tenemos nuestro agujeros y nuestras limitaciones. Devuélvete a vos mismo toda tu energía y, en vez de mirar al lado, mírate por dentro que es ahí donde tienen que estar los elementos para poder sentirte mejor.

No intentes estar mejor a costa de ver que el mundo esta destruido, porque no lo está.

Quiero que lo sepas: sólo los problemas cambian, pero siempre existen.

Me pregunté tantas veces si el dolor que siente un nene caprichoso cuando el papá no le compró el auto es diferente al dolor de un pobre obrero a quien no le alcanza el dinero para mantenerse. El dolor no es distinto, sí la causa del dolor vista obviamente desde lo racional. Lo primero es una taradez pero el sentimiento puede ser igual de intenso.

¿Crees que la mente de un pobre o un rico, un feo o un lindo son distintos? Estos instantes seguramente son iguales.

Todos sufrimos por cosas más o menos fidedignas o no. Todos sufrimos.

Carta a tu amigo Juan

Sábado 24 de junio. Cumpleaños de Juan
Lugar: Restaurante italiano en Rosarito.
Invitados: amigos íntimos. ¿Amigos íntimos? Me pregunto que será para vos la intimidad, amigo mío, Juan de los Palotes.

No hablaste, casi no te escuché en toda la noche, ni te vi sonreír y eso que estabas a gusto seguramente.

Todos duros, serios, inmóviles.

vi. un celular, un hombre grande que miraba siempre para la misma dirección, una mujer calladita, comiendo su ensaladita, en silencio, queriéndose borrar. Vi una pareja que casi no registró a los demás, un chico joven con cara de preocupación haciendo cuentas en su mente, vi un buen amigo que iba y venía y trataba, a su manera de ingeniero estructurado, de dar un toque de humor y afecto a la reunión.

Vi a tu pareja, endurecida en su inseguridad y necesidad de mostrarse perfecta, sin un pelo del flequillo en un lugar incorrecto.

Me vi a mí en una sincronía que no me representa y te vi a vos tan solo, Juan de los Palotes, tan equivocado, tan sin encontrar un rumbo, tan fuera... fuera de ese lugar.

A mí no me vengas con cuentos que yo no me creo ¿entendés?

Juan, no me creo la historia que me quieres contar. No me creo que creciste y sí veo que estás cansado, pero no físicamente, sino cansado de vos mismo, de no poder cambiar, de tener que estructurarte para no mostrarte tal cual eres. Indefenso, asustado y temeroso de la severidad de tu mamá y de tu crítica constante y del nunca me vas a alcanzar.
Te vi correr tantas veces, en tantas direcciones. Te vi correr de muchas ilusiones y vi muchas otras alejarse de ti.
Te vi envidiando y compitiendo. Te vi no siendo. No te vi es llorando, pidiendo ayuda afectiva, entregándote sin defensas. Sí te vi ausente, ansioso, intranquilo, sin paz.
Juan de los Palotes: qué pena me da, querido amigo mío, que no quieras cambiar. Pero es tu decisión.

Carta al hombre casado
Esta carta la escribió una paciente mia que no podía dejar de estar en triangulos amorosos,
Pero después de auqi cambio su rumbo, se caso y esta muy feliz.

Y ahora te pregunto a vos: ¿Por qué sos tan desleal, con tus amantes, con tu esposa y fundamentalmente con vos mismo?

¿Que querés vivir? ¿La pasión de los primeros meses, cientos de veces con distintos objetos? ¿Querés generar una situación en la que estés como un ser inalcanzable? ¡Qué falluto!

Si no tienes la suficiente hombría como para decidir separarte de tu esposa y si la amas, respétala, porque esta es la base de cualquier amor.

Vos, hombre malditamente adicto a la trasgresión y a producir dolor. A vos, gran cobarde, quiero aclararte que al que menos quieres en la vida es a vos mismo. Y que te alejas del verdadero afecto por miedo a entregarte. Y que tu compulsión a sentirte hombre radica en tu inseguridad de serlo en realidad.

No te culpo por ser como sos porque si así sos es porque tienes quien te ayude a serlo, quien te sostenga en ese lugar que ocupas, y al final, ni siquiera vos sabes que lo más importante para tus mujeres no sos vos sino la existencia triangular de otra mujer. No son tus lindos ojos ni tu excelente estilo para hacer el amor, porque si alguien te viera en realidad, no aceptaría tu propuesta de cuarta y se alejaría de ti, por amor, por respeto a sí mismo, a tu mujer y fundamentalmente a vos, porque te quiere y no acepta la situación, porque no puede estar entremezclada con ese gran fantasma, que mucho más lejos de excitarla la aleja y le hace doler.

¡Flor de tonto! Vos que querés ser tan importante, lo que menos sos para alguien que está al lado tuyo es eso: un hombre importante, tu mujer y tus amantes son las protagonistas.
Nunca nos enteraremos de lo que el otro siente.
Nuestro orgullo es mucho más fuerte, la defensa de la dignidad supera todo lo demás. Los dos paredones, el tuyo y el mío, chocaron y chocaron y nos impidieron vernos.

ME ENAMORE DE LO Imposible
ME ENAMORE DE SABER QUE ESTO NO IBA A PODER SER
ME ENAMORE DE SABER QUE ESTO TENIA UN FINAL
ME ENAMORE DE LA ADICCION AL DOLOR DE PERDER

"Si pudiera": el cuento de los que no se quieren comprometer. No caigas en las palabras bonitas.

Si pudiera desdoblarme.
Si pudiera hacer el tiempo más largo.
Si pudiera entregarme completamente
y perderme en el horizonte.
Si pudiera
sería contigo, mi amor.
Si pudiera explicarte lo importante que te siento.

Si pudiera llorar y entregar toda la emoción que me produces.
Si pudiera entrar dentro tuyo y vivenciarte desde adentro.
Si pudiera,
lo haría contigo, mi amor.
Si pudiera borrar mis heridas.
Si pudiera no haber vivido algunas cosas que me cerraron.
Si pudiera certificarte que nunca había amado de esta manera
Si pudiera,
lo haría para vos, mi amor.
Si pudiera no perderte,
si pudiera estar toda la vida junto a ti.
Si pudiera, lo haría, créeme mi amor.
Pero hay muchas cosas que no puedo,
tantas cosas en las que ya no creo.
Tanta energía que ya no tengo.
Que quizá mi "no puedo" caiga en vos como un "no quiero".
Pero no es así mi amor, realmente no puedo.

El tacaño afectivo

Cuando la besó le pidió que le hiciera el amor: ella era tan fálica, él tan pasivo.
Un tacaño afectivo, un miserable en su capacidad de entrega y de amor: cuida sus sentimientos y los guarda

como un divino tesoro, como quien amarroca dólares y pesos, amarroca y retacea su amor.

Ella necesitaba amar y entregarse. El no se lo permitió.

El no quiere compromisos. No quiere perder el control. Quizá no pueda manejar la situación y esto lo asuste.

Se besaron intensamente y se sintieron en la piel pero no llegaron a amarse. Porque ella desapareció y él ya no la busco.

Se perdieron, pero no sufrieron.

Cuántas veces se repite esta historia y cuánto se pierde por miedo y avaricia.

Pero él huye de sí mismo y cree que en realidad es de los demás. No se puede encontrar frente a ningún espejo, en ningún lugar se siente bien, se esconde de todo lo que quiere y se priva de todo lo que lo haría sentirse pleno.

Ella se conecta con lo invisible, con lo que está tapado, con lo que podría ser, con una fantasía. Corre hacia lo no correspondido.

El es un gran mentiroso y cobarde. Ella es una gran arriesgada y se preserva muy poco.

Cree, cree, cree y no puede no darse por vencida en su desafio.

PARA VOS QUE YA NO PODES ENTREGARTE.... PARA VOS HOMBRE CON BARRERAS.... PARA VOS QUE SIEMPRE ESTAS ESCONDIDO...

OTRAS VECES PUEDES SENTIR ESTO......

Hoy me quedé sin palabras

Hoy me quedé sin palabras, sin saber qué decir, qué contar, qué escribir.
Hoy hay un vacío en mí, estoy como en reposo, me corrí de la compulsión a la emoción y me estoy preservando, porque quiero reencontrarme con mi esencia para poder brindar algo mejor de mí, para amar no desde la egolatría ni la competencia, para poder amar desde la entrega y la aceptación, para dejar de buscar seres perfectos que me representen, y amar a un ser tal cual es.
Hoy me quedé sin palabras, sin movimiento, en estado de quietud, en la polaridad de mi estado casi permanente de búsqueda de ideales, de sueños imposibles.
Hoy querría amarme mejor, aceptándome tal cual soy, sin exigirme lo que no puedo, sí desarrollando aquello que puedo con todo mi potencial.
Hoy me quedé sin palabras, sin saber qué decir y quisiera escucharte a vos, a él, a ella, a ustedes,

que tienen para enseñarme. Hoy quiero aprender, escuchar, no exponerme, no caminar.

Hoy quiero empaparme de otros que me quieran contar lo que son, lo que viven, lo que siente, lo que sufren, lo que gozan, lo que concluyen, lo que inician: lo que viven.

"REPOSAR NO ES ESTAR MUERTO DE VEZ EN CUANDO DEBERIAS PARAR Y SENTARTE A PENSAR "

El machista y la feminista

El decía amarla y querer comprometerse con ella. Tano cabrón, machista y autoritario. Ella decía amarlo y querer comprometerse con él: obstinada, dominante y feminista. Se encontraron por la vida. Intentaron recrear una vida juntos. ¡Ah! Si supieron lo difícil de compatibilizar.

El, un hombre que creció dentro de un contexto humilde, toda una familia idealizándolo, depositando en él un ideal de progreso.

Ella, una mujer que creció dentro de un contexto de cultura y abundancia económica. Toda una familia en su contra: rebelde, la oveja negra, porque no cumplió con los rituales familiares.

El quería que ella lo atendiera. El era el hombre para cuidar, la joya para lustrar. Ella quería ser amada, mimada, tratada como una princesa, como única. Se pedían una y otra vez esto. "Reclamos" era el título de la relación.

"No me apapachas, no te importo".
"No me cuidas, no me atiendes".
"No me registras, no me amas".
"Ni un vaso de agua sos capaz de ofrecerme".
"Un hombre mantiene a su mujer".
"Una mujer obedece a su hombre".

El amor era fuerte y tenían que cambiar y vencer los obstáculos de los mandatos familiares e inventar nuevas reglas de vinculación y entender que no era una agresión no actuar como el otro esperaba, porque las idiosincrasias eran diferentes. ¿Creen ustedes que encontraron la forma?
No la encontraron porque sus valores y caminos eran muy contradictorios y sus necesidades no podían estar cubiertas.

El príncipe que se transformó en una fea bestia

La historia del sol, de la luna, de los astros, de los signos y del adiós.
En una reunión de amigas, se encontraron cuatro mujeres que habían sido averiadas por un hombre: "el acuariano", le decían.
El acuariano.

El acuariano, según cuenta una amiga astróloga, es el signo del amor universal, del amor ideal, de la fraternidad.

Era tan universal que no fue capaz de hacer feliz a un ser.

El captó sus necesidades como nadie podría hacerlo: sabía de sus deseos ocultos, de sus sueños y decidió ser la representación de su fantasía. Parecía amarla hasta decir basta. La puso en el lugar de única, de diosa, de incomparable, y por un tiempo lo sentía así.

Ella era su media naranja, la única mujer que podría satisfacerlo, su sueño, su mujer, la que por fin encontró.

En un tiempo determinado - que va de dos a siete meses o en algunos casos se ha llegado a conocer que duraran años, pero nunca más de dos -, el sueño se acaba. Y despiertas a la realidad.

Tu príncipe empieza a alejarse, a complicarte. "Te amo pero no puedo". Empieza a estar en otro mundo mientras le hablas, a criticarte, a no perdonarte como sos, a cansarse de hacer la parodia de tu ideal y te reprocha sus esfuerzos, que por motu propio eligió, y te reprocha tus exigencias, que en realidad son sus exigencias. Y te culpa de todos sus problemas, de no valorar todo el sacrificio que hizo por vos, que sos su amor.

Y lo desconoces y te desconoce.

Y el idilio pasa a ser una pesadilla. Y el paraíso, un infierno. Y encima por tu culpa. Y vos te preguntas: "pero ¿qué hice? ¿Por qué cambió todo?

¿Es que él se canso de no ser honestamente como es?
Y todo parecía una mentira, una horrible mentira. Y no confías en nada de lo que viviste y te asustas de haber creído, de haberte entregado.
Y se terminó. Y sentís que perdiste el amor de tu vida. Que como él, nadie te va a amar. Y a esperar, a curar, a aceptar, a desidealizar.

El hombre con complejo de amante

¿Conocieron alguna vez este tipo de hombre?

Son aquellos se sienten meros objetos sexuales, que creen que todas los quieren usar para la cama, sin valorar su persona, su inteligencia o su afectividad.
Desprecian de las mujeres que sean muy "buscas", que los miren mientras están con otros hombres… que los quieren para la cama y nada más. Yo me pregunto si este tipo de hombre en la época de mis abuelos existía o es un nuevo estilo relacionado con la estructura social actual.
Es increíble que haya hombres que digan frases como estas: "Lo único que quieren es que se las cojan". Las características de esta tipología van acompañadas, en general, de un estado económico entre bajo y desastroso. Y el problema es que esto les da mucha inseguridad a todas las mujeres.

Frases típicas:

> No te juegas por lo que sentís.
>
> Tu razón se pelea con tu corazón.
>
> Búscate uno con plata, eso es lo que vos necesitas.
>
> La profecía auto cumplida, como un oráculo: "Cuando hagas el amor con otro siempre vas a estar pensando en mí."

Yo me pregunto: Y cuando hay que pagar las cuentas ¿que hacemos? Sentimos o pensamos? ¡Ya sé! Nos dejamos llevar por los sentimientos de amor y pasión y vamos a hablarle directamente al jefe de estado de ese sentimiento que nos invade y no nos hace ganar suficiente dinero como para pagar las suntuosas cuentas que, por cierto, van en aumento. Nunca escuché tantas veces la palabra compromiso, en la boca de un hombre como en alguien de este estilo. ¿No quieres comprometerte conmigo?
No se que buscan, si lo hicieras y te comprometieras te volverían loca, re loca hasta que no des mas y lo tengas que patear igual.
O quizá se dé "CARTA A UN AMOR QUE NO PUDO SER"

Recuerdo que pensamos que todo esto podría ser. Sabíamos de las dificultades, de cierto cariz de imposible que tenía. Pero, en ese momento lo que importaba era ser fiel: sentir lo bien que estábamos juntos, compartiendo tantos lindos momentos. Pero pronto la razón comenzó a hacernos trampa y el miedo al dolor de perdernos comenzó a hacerse sentir de mil maneras distintas, confundiéndonos, haciéndonos nacer broncas mutuas. Precisamente ahí, abruptamente, terminamos con todo y mil palabras y mil sensaciones y miles de miradas quedaron paralizadas.

El corazón nuevamente golpeado, lastimado por tantas promesas inconclusas, por tanto que pudimos habernos dado y no nos dimos, porque el miedo volvió a vencernos y el sufrimiento conocido del no pudo ser fue elegido antes de la posibilidad de ser.

Soñar

Los sueños son hermosos, los ideales a alcanzar, los deseos, las metas, el proceso de conseguirlos es excitante, emocionante... ante... ante y todas esas palabras que terminan con "ante" y signifique movilización.

A veces, cuando los concretamos, no son tan bellos como cuando los soñamos: creo que ya agarré la onda de cómo viene la mano en esto de vivir.

HAY APRENDER A VIVIR LA VIDA PARA NOSOTROS.

La vida no es una obra de arte, ni una pieza de teatro para un público que nos pondrá puntaje. Es para nosotros y no tiene nota, ni se aprueba o desaprueba.

Quizá nos cueste bancar esto y perdemos mucho de lo que significa disfrutar el momento con la temática de estar casi siempre pensando en el futuro. Un futuro que, cuando se transforma en presente, pierde su valor.

Creer que la felicidad está en algo en particular, por ejemplo: "si tuviera mi casa, sería feliz", "si consiguiera que me amaras sería feliz", "si tuviera un hijo, sería feliz", etc... etc. es peligroso: la felicidad no depende nunca de un solo hecho en nuestra vida.

La felicidad esta dentro de nosotros e íntimamente relacionada con la autoestima y el estar conformes con nosotros mismos de la autoaceptación y pagar el precio de ser uno mismo, que a veces es angustiante, pero es honesto, y respetuoso con nuestro propio ser.

Digamos con esto que soy yo, con mis virtudes y defectos, con las cosas que puedo cambiar y las que no, con mi forma de sentir y mis imposibilidades y posibilidades. Vivo esta vida cuya autora soy yo y también mi única compradora, porque si pretendo ser un best seller seguramente va a resultar muy exigente para mí misma sostenerme en la cima todo el tiempo. Y no tiene descanso, porque finalmente es con uno mismo que uno comparte las 24 horas del día y toda la vida. Y estar controlándonos todo el tiempo es mucho y luchar por perfeccion que no existe es perder siempre, ¿verdad?.

Disfruta tu vida ....

Aprendiendo a estar solo

Lo duro de no estar enamorado es el hecho de no tener en quién pensar, de no encontrar un referente de amor a quien esperar, ni quién te espere, a quién desear ver, o de quién esperar un llamado. Y esto tiene que ver con la ilusión, con el deseo, con el esperar a ese alguien al que tenemos ganas de entregar todo nuestro amor y deseamos nos entregue todo el suyo. Aprender a estar solo es la única técnica para poder elegir. El miedo a la soledad es un mal consejero en cuestiones del amor. ¡Y uno se hace cada película! Te la compras, te vendes y la vives. Después, ya no la puedes sostener, ¡Qué complicación! Son tantas las veces que se te diluye el deseo, es tan inconsistente el deseo, que terminas desconfiando hasta de su propio sentir. Y haces bien en no creerte tus inventos, porque no es lo mismo enamorarse del amor que de otro ser, surge un desgate dentro tuyo que te confunde más y más. Hay que pensar bien a qué estamos dispuestos a renunciar por estar con alguien. Todo no se puede.

Uno a veces se pregunta por que habrá siempre que renunciar a algo para obtener otra cosa y porque la cosa es así. En esto consiste elegir. Todo es casi como nada: quiero todo es lo mismo que no quiero nada, no hay selección, no hay prioridades, no renuncio a esto para lograr aquello. Es pura ansiedad, desborde, como un ataque bulímico en el que no se selecciona qué se va a comer, que alimentos desearías ingerir, sino que es una compulsión interminable a tragar y a tragar. No se elige qué se está tragando: se está queriendo todo y la contrapartida es la nada. Anorexia, la contracara de la bulimia, es no desear nada, sentir rechazo a todo: ya no quiero existir.

La soledad no es una elección para siempre: puede ser momentánea, hasta un mejor momento para elegir con quién estar, para que no sea como en la bulimia: "cualquier cosa con tal de no bancarme la soledad"; ni como en la anorexia: "nada me importa".

Habrá que sublimar y trabajar, y realizar un montón de cosas que tengan que ver con nosotros mismos, para querernos en el punto óptimo. Y poder entregar al otro un buen amor.

Frase para meditar: Es mejor un buen amor, que un gran amor. ¿O un buen amore es un gran amor? ¿Qué piensan ustedes, seres apasionados?

El amor que no pudo ser reaparece

19:30. La llamaste después de siete meses. Pensaste que te iba a cortar, pero te equivocaste, como siempre no reacciono cómo esperabas. Hablaron dos horas por teléfono: hiciste tus reproches y ella los suyos. Te recordó y la recordaste.

Ella lo tenía sepultado, muerto, debajo de la tierra y olvidada la existencia pasada de ese vínculo. Te vio como quien ve reaparecer un fantasma que viene del más allá. Y se vio tan cambiada frente a él, tan opuesta, sin sentir todo lo que antes le producía.

Le hablaste de tu amor por ella, de todo lo que habías pensado acerca de lo ocurrido, de que llenaba tanto tu vida que querías incluirla en ella y hacerle recorrer todo lo que para vos representaba tu pasión, tus motivos, tus lugares.

Te habló de tu no registro de su persona, de tu desinterés por conocerla, por investigar sus cuevas ocultas, sus sueños, su vida.

Te habló de tu dificultad de conectarse con un otro. No entendiste e hiciste un montón de preguntas interminables y seguiste sin entender que ella no sólo puede ser la mujer de alguien, que también existe y tiene identidad y que es bilateral, y que en todo caso también vos serías el hombre de esta mujer.

Tu machismo, tu raro y especial machismo, tan particular, tan cuando te conviene, te impide abrir la cabeza para observar el ida y vuelta de un hombre y una mujer.

Te acercaste a ella y tu impulso brotó: "sos la mujer que yo esperaba encontrar". Y ella quedó dura, sin entender, conmocionada, sin poder discernir entre la fantasía y la realidad. No sé... no sé... pero hay tanto que no entendió.

Y en esos días románticos pones música que te recuerda a él, de masoquista nomás sentís cosas como éstas

Cuando dejas de idealizar.

Hoy escuchaba nuestra música, esa música que nos hizo soñar, volar, sentir. Esa música que me reencuentra con una vivencia del pasado, que me hace recordarla, vivenciarla, transpórtame hasta ese momento como si fuera hoy.
Música movilizante, música significativa, música mía y tuya, música de nuestro amor que ya no es.
Música que me hace llorar y recordar cómo sentía en ese momento que tantas cosas no sabía. Y hoy, pasado el tiempo, sé que no volveré a sentir, no porque no vuelva a amar, sino porque hay un velo que cayó delante de mí: un velo que me impedía ver la realidad tal cual era, que me hacía amar al amor en lugar de amar a otro ser real.

Pobrecito de vos que tuviste que competir incansablemente con lo que yo quería que fueras. Como se puede querer a un "proyecto de"... a un potencial.

Se debe amar lo que el otro es, no lo que podría llegar a ser. Por eso hoy, al escuchar esta música, sé que ya nada va a ser igual: no peor, pero sin duda no será igual.

Cierro una puerta, una puerta de sueños, de amores novelescos, de amores que hacen sufrir y gozar tanto que destruyen, amores idílicos.

Estados de ánimo

Cuando estás angustiada o feliz todos los aspectos de tu vida cambian de color. Cuando estás mal, todo es malo, negro complicado y difícil. Cuando estás bien todo es genial, rosado, alegre y posible.

Quiero describir algo de esos sentimientos para que los puedas reconocer y tú misma escribas tu parágrafo de por qué te sientes feliz o por qué estás angustiada. Luego, al reconocer esos sentimientos, deberás trabajar en transformar ese estado de angustia en felicidad. Leerás tu descripción de felicidad cuando estás mal y trabajarás para cambiar este estado de ánimo.

Aquí tienes un ejemplo.

Angustia

Hoy me siento angustiada, con un nudo en el corazón, con ganas de llorar. Me siento olvidada, incomprendida, no valorada.

Hoy me cuestiono todo lo que doy, todo lo que podría dar.

Estoy harta de no poder entregarme, de la individualidad.

De hacer cuentas para poder pagar todo to que tengo que solventar.

Estoy aburrida de no poder volar, porque cansada y herida estoy de aterrizar.

Estoy harta de la deslealtad, la falta de consideración, la impuntualidad.

De la irresponsabilidad. De la soledad.

De la alienación.

De la falta de solidaridad. De anular mis sentimientos.

De tener que callar.

De no tener donde reposar.

De tantas presiones que no puedo soportar.

De que no me entiendan y me critiquen por demás.

De rechazar lo que no entiendo, lo diferente, donde no me puedo acercar.

De los distanciamientos. De que los años pasen. De mi cuestionar. De no poder decir "Ayúdame: ya no doy más".

De no soñar por miedo a desconectarme con la realidad. De las agresiones.

De las defensas.

De no poder ser yo misma.

De la máscara de la humanidad.

De las caras tristes. Del no puedo más.

De mí, de vos, de nosotros.

Del mundo.

De la humedad.

De las calles llenas. De los autos atorados. Del no pude llegar.

Hoy no soporto más.

Hoy me siento tan feliz....

Hoy me siento tan feliz y quisiera escribirlo y gritarlo porque a los argentinos nos cuesta decir me siento bien. La queja constante y la insatisfacción son el estado general que tenemos y nunca podemos decir "soy feliz, me siento tan feliz". Sería casi descolocar al otro comunicarle esto.

- Hola, como estas?
- Muy bien, estoy tan bien, tan feliz.

En ese preciso momento se acaba la conversación, porque en realidad esperaban que digas "mal, que mal me siento", y comiences a quejarte.

Ellos, entonces, como interceptando tu declaración de sufrimiento por sobre tus palabras, sin escucharte te cuentan lo suyo. La conversación finaliza y las dos personas no se escucharon absolutamente nada y se fueron tan empobrecidas como cuando empezaron el diálogo. Nada les importó y en nada se ayudaron.

Dos soledades incomunicadas y alienadas en su infelicidad.

Felicidad

Hoy me siento tan feliz, porque elegí en mi vida lo que quiero, lo que me llena, lo que siento, lo que deseo y cada vez hago menos lo que no quiero.

Encontré mi camino, mi vocación, mi hombre, mi lugar, mi proyecto, mis amigos, y además entendí que cada uno es tal cual es y yo no tengo derecho a cambiarlos a su pesar.

Por lo tanto comprendí quién soy yo y que no tengo derecho a faltarme el respeto y exigirme lo que no puedo y a criticar mis limitaciones.

Entendí que en la vida todo tiene un precio y que pagarlo, lejos de un sufrimiento, puede ser un placer. Qué placer saber que estoy dispuesta a renunciar.

Estoy tan feliz de poder crear, de tener proyectos, de creer en mí y en la humanidad.

Estoy tan feliz de saber que mi vida tiene un propósito, que me he conectado con tanta gente de lo más profundo de mi corazón.

Estoy tan feliz de ser yo misma, me admiro y valoro, porque vivo con valentía.

Estoy tan feliz porque mi alma esta llena de amor, porque se que un tropiezo no es el final de la batalla, y porque cada día me levanto mas rápido y me duele menos el tropezón.

Estoy tan feliz que vivo en mi honestidad, soy yo misma todo el tiempo

Y además tomo decisiones que vienen desde mi amor propio y mi auto-respeto.

Me cuido, hago gimnasia, trabajo con pasión, disfruto de la vida, de mi pareja

De hacer el amor, de mi trabajo, de mi independencia, de esta nueva etapa en donde mi hija empezó a hacer su propia vida.

Qué placer me da saber que el hoy existe. Y que mi hoy es un buen día, que pienso disfrutar, porque es único e irrepetible y quiero vivirlo aunque no sea tan bueno.

Qué placer me da saber que no me importa lo que pienses de mí, de mi vida, o de lo que hago: que me importa lo que yo creo y eso no es porque no te quiero, es que me siento segura de lo que pienso y no me engaño. Sé que nada es perfecto y que la verdad no es única y no está en ningún múltiple choice, donde la respuesta correcta es una sola.

Qué placer es saber que puedo mantenerme a mí misma, y que puedo darme el lujo de amar sin interés. Que disfruto de lo sencillo, de lo simple, y que no todo está en otro lado, en aquel lugar donde yo no estoy.

Qué suerte que comprendo, porque lo siento, que nada será tan espléndido y maravilloso por siempre jamás.

Qué suerte y que placer me da haberte escrito, libro mió, amado, producto de 41 años de vivencias intensas, y qué quizá al ritmo de mis palabras pueda ayudarte a vos, llegar a vos, y hayan servido para algo tantos golpes, tantas caídas, y tantos volver a empezar.

Disfruto de estar viva... hoy.

Gracias a la vida que me ha dado tanto .....gracias Dios mio.

Para reflexionar

Descripción del deseo sexual con conexión mutua

De repente, dos miradas se entrecruzan, dos energías se entremezclan. Hay algo que pasa a largo de todo el cuerpo: un cosquilleo, el color sube a las mejillas, aparece el deseo, el miedo, la necesidad de conexión. Empiezas a sentir los latidos de tu corazón junto a los del otro, una música de desborde resuena en esa unión de dos cuerpos que se buscan. Dos almas que se necesitan, que se reencuentren, que se saluda. La personalidad, las ideas y la razón desaparecen para invitar al corazón que, guardado, está aburrido de defenderse. Entonces sale a la luz de la pasión y danza al son del ritmo del amor.

Los cuerpos piden conectarse para disfrutar de ese descontrol, hermoso descontrol de amor, la emoción aparece, la hora de hacer el amor se siente y en un encuentro total hacemos el amor y nos involucramos y nos comprometemos con ese ser que allí está sintiendo y al cual sentimos.

Así empieza el deseo. Y tocamos el cielo con las manos y nos sentimos felices, plenos. Lloramos y reímos, intensas sensaciones nos conectan con el hecho de estar vivos. Cuánto te amo, mi amor: te amo, te amo.

El tiempo pasa y nos enfrentamos al verdadero ser que está delante de nosotros: lo observamos, lo criticamos. Es entonces cuando empiezan los enfrentamientos y las dudas. Pero cuando el amor es fuerte, aceptamos que ese ser distinto a uno y que no vino al mundo a llenar nuestras expectativas, es el ser que elegimos. Y nos jugamos a crecer juntos.

Cuando sientan que el deseo baja con sus maridos recuerden esos primeros momentos y recréenlos.

Hablemos de sexo

Falta de deseo sexual

¿Por qué no tengo ganas de hacer el amor? Eso te preguntas una y otra vez. O, ¿por qué mi pareja no quiere hacer el amor? Y te lo tomas como algo personal: piensas que a tu pareja ya no le gustas o que estás con sobrepeso o no muy atractivo?

Hay muchas razones para que el deseo sexual baje o desaparezca.

Lo primero que hay que descartar es que no haya algún problema orgánico, ya sea hormonal, problemas con la tiroides, diabetes, afecciones neurológicas u otras enfermedades. Los medicamentos para estas enfermedades tienen efectos secundarios que producen problemas sexuales. Descartado el problema orgánico, pasemos a lo psicológico.

Primera pregunta: ¿esta falta de deseo está relacionada con su pareja? ¿Es disfuncional?, ¿Conflictiva? ¿Está usted enojado con su pareja? ¿Se siente criticado, abandonado, olvidado? En su matrimonio ¿hay abuso físico emocional? ¿Su pareja o usted usa alcohol o drogas? ¿Usted se siente inseguro con su pareja?

Segunda pregunta: esta baja del deseo ¿es un problema de siempre en usted? ¿Las ideas religiosas con las que usted creció le hacen ver el sexo como algo sucio o como algo malo?

Tercera pregunta: ¿Fue víctima de abuso sexual en su niñez? ¿Ha tenido algún trauma sexual?

Lo que más veo en mi consultorio es gente que ha vivido abuso sexual o parejas disfuncionales que se sienten lastimadas por el otro en algún nivel y, por esa razón, han cerrado sus emociones y su sexualidad.

Cuando una persona está resentida o dolorida con su pareja, y esos dolores no han sido resueltos de alguna manera, los miembros de la pareja dejan de ser vulnerables con el otro, dejan de confiar y entregarse. Esto va produciendo una cierta distancia que puede ir lastimando las relaciones sexuales.

Recuerde que la falta de apertura y los conflictos no resueltos son veneno para la vida sexual.

Si esta falta de deseo está basada en preceptos familiares o en ideologías transmitidas durante la infancia o adolescencia, la única solución es poner en palabras estos pensamientos y hacer un recuestionamiento de ellos. Les recomiendo ir a un terapeuta para que les ayude a procesar estas ideas que se oponen a una gratificante relación sexual.

Si la falta de deseo está basada en traumas del pasado, como abuso sexual, también les recomiendo ir a terapia para elaborar esos dolores. Mucha gente que fue abusada emocionalmente, queda fijada en la edad del abuso, lo que le crea una cantidad de conflictos en la vida de pareja. Quiero que recuerden que el abuso sexual no es solamente algo que le sucede a las mujeres, también los hombres han experimentado ese tipo de traumas. He tenido muchos pacientes hombres que han sido abusados por hombres y por mujeres, y eso también crea muchas situaciones conflictivas en la pareja. En general, a los hombres les cuesta más que a las mujeres hablar de esto.

Por favor, no se queden callados, no posterguen el problema, no se va a arreglar solo, sin ayuda, no disminuya el impacto que ha tenido en su vida. El abuso sexual es un crimen que deja secuelas que hay que curar.

Por último, hay personas que no tienen mucho interés sexual y así han sido siempre, y esto no es un problema para ellos hasta que se casan con alguien cuyo apetito sexual es mayor. En este caso, la solución está en la negociación con la pareja. Estos casos son muy complicados, porque la felicidad de uno es la infelicidad del otro.

Los problemas sexuales

Los problemas sexuales están basados especialmente en un problema de entrega y de autoconocimiento. Muchas personas no se entregan por miedo a perderse a sí mismas: su identidad está frágil y por ello estar muy cerca de otro en la intimidad es amenazador.

Cuando hacemos el amor, es el momento de mas cercanía: el momento que deberíamos tener los ojos abiertos para contemplar a ese ser con el que compartimos nuestro goce. Pero no ocurre así, sino que al contrario es el momento en el que la gente tiene más cerrados los ojos, el momento en el que más apagadas las luces están. Y eso ocurre porque muchas veces las mujeres están avergonzadas de ellas mismas: de sus cuerpos, de su celulitis, de los años que empiezan a notarse. Y los hombres, creyendo que esto es un reflejo de su hombría, un acto donde tiene que demostrar que son hombres.

Entonces el acto sexual pierde su valor, porque en vez de ser un encuentro de amor y placer, pasa a ser un lugar de auto-observación y de posibilidad de fracaso.

¿Por qué la gente se priva cada vez más del profundo encuentro de dos cuerpos y alma?

Cuando el miedo a la intimidad no afecta el encuentro, el sexo es electrificarte y apasionante

y no se apaga en un matrimonio de muchos anos de casados.

En cambio, el rencor y el dolor van matando los matrimonios y el sexo. La falta de comunicación abierta y de saber resolver los problemas van matando lentamente los sentimientos entre las personas, hasta que la desconexión emocional enfría los vínculos y la pareja se divorcia en la realidad o en el corazón.

Quisiera plantearles a ustedes algo que podrían hacer como pareja, hombre y mujer, para no matar esa pasión. Mi propuesta es: hombres sientan, aprendan que ser emocionales. Esto los hace más hombres. Y ustedes, mujeres, no renuncien a ser quiénes son, no se nieguen. Y como pareja hablen, hablen y hablen hasta que arreglen el asunto y den tiempo para nutrir su amor .

Recuerden que son dos personas las que tienen que querer arreglar la pareja y estar abiertos a aprender, a encontrar las técnicas para ser más felices. El desgano y la necedad es un mal síntoma para el amor.

Es normal en toda pareja estable que en alguna etapa haya problemas sexuales. Desmitifiquemos. A todos les gusta hablar de sexo, pero nadie es realista: no existe una pareja donde el deseo sexual no haya experimentado fluctuaciones. Para conservar la pasión en el sexo también hay que trabajar, pero es bien sorprendente que en lo que tenemos que trabajar es en nuestra autoestima.

Nuestra sexualidad nos pertenece a nosotros mismos: es nuestra forma de disfrutar nuestras zonas erógenas. Lo que nos gusta o nos disgusta personal e independiente de nuestra pareja. Sino conocemos la forma en la que funcionamos, nuestra sexualidad queda limitada y a merced de nuestra pareja. Tenemos que ser proactivos y abiertos para conocer nuestra sexualidad, para saber lo que nos gusta y tener una relación abierta con nuestra pareja, para que conozca nuestras fantasías y deseos a la hora de hacer el amor.

Los resentimientos, las palabras no dichas, afectan nuestro sentir en la cama. Si no nos podemos entregar emocionalmente, se verá afectada el nivel de profundidad con el que disfrutamos con el otro ya que los orgasmos son una entrega, una forma de mostrar el goce con otra persona.

La buena sexualidad se da más en parejas que confrontan, que son más honestas y que fomenten el crecimiento personal de cada uno de sus miembros.

Yo creo que las mejores relaciones son aquellas en las que cada uno fomenta el crecimiento en la otra persona

Y no ata e impide esto por miedo a perder a esa persona.

Las parejas que se reinventan y promueven crecimiento personal sin olvidar la pareja son aquellas que disfrutan más de la relación de uno con el otro.

La sexualidad está relacionada con muchos aspectos psicológicos como la autoestima, la comunicación, la capacidad de confiar y entregarse, la capacidad de ser uno mismo

Y no olvidarse o perderse en el otro.

El sexo es un aspecto de la pareja que no es importante mientras esté bien pero lo es cuando está mal.

Por lo tanto, mi conclusión es: si ustedes están experimentando algún tipo de problemas sexuales, ya sea anorgasmia, eyaculación precoz, problemas de erección, falta de deseo sexual o vaginismo primero vayan al médico, para asegurarse que no hay ningún problema físico que afecte el deseo. Recuerden que los problemas hormonales y ciertas medicaciones traen como efecto secundario complicaciones sexuales. Y, si el médico cree que no hay problema, no sean tacaños y vayan al terapeuta de pareja, que los va a ayudar a ver la problemática específica de su matrimonio. ¡Cuídense!

La política del deseo sexual

La persona con menos deseo es la que controla la cantidad de sexo en la pareja y en consecuencia tiene más poder en ella.
El sexo se supone que satisface y es libre de ansiedad.y que cuando empiezas a estar seguro en tu matrimonio, todo va viento en popa, pero resulta que no es así, que mucho de nosotros dejamos de tener deseo sexual. En parte es como funciona el sistema sexual, Si uno en la pareja empieza a tener conflictos sexuales y ansiedades, los dos tienen el conflicto.
Se necesitan dos personas para crear un matrimonio y una para divorciarse.
Una situación muy increíble que se ve en el consultorio de un terapeuta sexual es que muchas veces cuando el que no desea sexo empieza a desearlo más, porque mejora su relación consigo mismo y, con su sexualidad ,el otro deja de quererlo, ¡qué paradoja!
Cuando una persona tiene ideas sobre su sexualidad distorcionadas , (por ejemplo: si deseo soy una mujer fácil, de la calle, una mujer excitada), es símbolo de inadecuada, afecta la sexualidad en esa persona.

Cuanto mejor es tu relación contigo mismo, mejor es tu sexualidad. La mala noticia es que esta mejoría puede asustar a tu compañero.

El deseo sexual se relaciona con la autoestima. Una persona empieza a querer más sexo no por amor al otro, sino por amor a sí mismo. Ahora el problema es que uno en la pareja mejorando su autoestima pone al otro en una posición en que se tiene que mirar a sí mismo. Ver a nuestra pareja crecer necesita de fortaleza.

Muchas veces, una persona le da su energía a otra que funciona mejor gracias al estancamiento de la primera. Estos son los casos donde uno sacrifica sus metas para facilitar el de su pareja.

Así es que uno está más funcional y exitoso a costa del otro que está desahuciado.

Todo esto trae problemas en la sexualidad, porque el que da su energía al otro empieza a empeorar.

Como expliqué, una persona mejora en la pareja su deseo sexual. Si el otro no quiere tener sexo, no quiere desear básicamente porque no quiere correr el riesgo de la desilusión: "si no deseo, jamás estaré desilusionado". Elige no desear para evitar el dolor del desencantamiento.

Si quieres mantener el deseo y la intimidad viva en tu matrimonio, tú y tu relación contigo mismo tiene que ser más importante que tu relación con tu pareja. Cuando la relación con la pareja es más importante tienes cuatro opciones, de las cuales sólo la última es la que te dará más felicidad en tu matrimonio:

- ✓ Encerrarte emocionalmente.
- ✓ Encerrar a tu pareja.
- ✓ Permitir que tu pareja te encierre.
- ✓ Mejorar tu relación contigo mismo.

Cómo mejorar la sexualidad: Diez consejos:

1) Si tienes problema para llegar a un orgasmo, la masturbación es el primer paso para conocer tu sexualidad.
2) Si tienes problemas de dificultad para sentir deseo, primero ve al médico para ver si hay algún desbalance hormonal. Si no lo hay, deberás ir a un terapeuta para ver qué sucede en la dinámica de tu matrimonio que esta afectando tu deseo.
3) El momento del amor debe ser un momento de encuentro entre tú y tu esposo.
4) Abre tus ojos y conéctate con tu pareja.
5) Abraza a tu pareja, abrázala con profundidad y conexión. Siente su energía y relájate en el encuentro. Practica este tipo de abrazo.
6) Mira a los ojos a tu compañero en el momento de la sexualidad y cuando dialogas.
7) Recuerda que el sexo es para disfrutar no para auto-observarse, preocuparse o darse puntaje.

8) Ámate a ti mismo: la base de una buena sexualidad es tener una identidad fija y definida y una alta autoestima.
9) Los tabúes pueden ser un veneno para la sexualidad.
10) Si has sido abusado sexualmente, deberás confrontar con tu conflicto: esto puede ser la raíz de tu problema sexual.

Disfruta la vida y no dejes pasar los días para arreglar tus problemas. Si los postergas, empeoraran. Ve y busca ayuda: los fuertes son los que se atreven a vivir en plenitud.

¿Qué es la terapia de familia? ¿Qué es la terapia de pareja? ¿Qué es la terapia sexual?

Hacer terapia psicológica es doloroso para el bolsillo y el corazón. Obviamente que las personas se muestran vulnerables delante del terapeuta y cuentan sus dolores y traumas. Se muestran tal cual son frente a otros y eso produce un sin fin de emociones.

A veces, me he preguntado por qué a la gente le cuesta menos pagar a un abogado de divorcio miles de dólares para destruir su matrimonio, que pagar unos miles para arreglar los problemas.

Les quiero comentar que cuando van al terapeuta van a cambiar conductas, mejorar la autoestima, aprender a comunicarse. Van a a romper círculos viciosos. No van a a cambiar al "otro" – sea marido o esposa -. Van a cambiarse a ustedes mismos.

En el pasado la gente pensaba que la terapia era para los locos, lo cual es absolutamente erróneo. La terapia es para la gente que tiene la valentía suficiente para confrontar con sus problemas.

Y la fortaleza para pedir ayuda. Solo los fuertes saben buscar una guía para salir de un lugar del dolor o la disfuncionalidad.

Terapia de familia para familias en sufrimiento

Cuando alguno de nuestros hijos está sintomático, los padres quieren una respuesta y una solución rápida. Generalmente tienden a mirar al hijo solamente: "quiero que me arreglen a mi hijo". Cuando alguien le da un diagnóstico y varias veces una medicación, el padre piensa: "Qué alegría, quizá esto sea la solución."

Malas noticias: esto no es la real duradera solución, porque el problema no es el chico solamente. Los síntomas en un hijo provienen de básicos problemas en la estructura de la familia.

La familia generalmente resiste la idea de que está disfuncional y que todos deben hacer un cambio. Pero, con ayuda de un profesional competente, preparado para trabajar con sistemas familiares se encuentra la solución.

Es importante empezar a entender que los problemas de pareja están enmascarados por los problemas de la familia y los síntomas en los hijos. Problemas como falta de intimidad sexual y emocional, violencia y falta de comunicación son la verdad enmascarada. Estas problemáticas crean un agujero en la estructura.

Por ejemplo, una madre que se siente insatisfecha en su matrimonio o consigo misma puede buscar confort en su hijo para llenar sus vacíos emocionales. Ahí el hijo empieza a estar sintomático. La madre comienza a preocuparse por el hijo y el hijo acrecienta sus síntomas y así sucesivamente. Finalmente, el problema original se olvida detrás del nuevo problema: mi hijo.

"Mi hijo tiene notas bajas", "Mi hijo no respeta las reglas de la casa, es rebelde". "Mi hijo usa drogas o alcohol", etc., etc.

La pregunta: "Qué estoy haciendo yo para sostener este problema" queda vedada.

La solución está en las manos de una familia que decide tomar responsabilidad y trabajar las áreas que están produciendo conflictos sin buscar chivos expiatorios o negando la realidad.

Las terapias de familia se basan en cambiar sistemas disfuncionales que crean síntomas en los hijos, en estas terapias se aprende comunicación, cómo educar a los hijos, se aprende a poner límites, las jerarquías se ponen en su lugar y los padres aprenden a estar en la misma página.

Los miembros de la familia aprender a ser más honestos y abiertos emocionalmente.

Terapia de grupo e individual

Hay factores que son los más importantes en la vida del ser humano para crecer y tener una vida plena:

Integridad (Mi palabra tiene valor).

Ser responsable de las propias acciones, esto quiere decir, ser dueño de uno mismo en comportamiento y decisiones.

¡No a la víctima! Pasar a ser un ser con poder y no un ser débil y manipulado.

En estos seminarios el foco está puesto en promover a la gente a conocerse a sí misma: sus debilidades y fortalezas para desarrollar todo su poder para tener una vida con propósito y poderosa. Segura de sí misma y con amor propio.

El proceso de darse cuenta es el más importante para entender cómo nacen nuestras inseguridades y conflictos y saber cómo enfrentarlos, combatirlos con coraje, eliminarlos para siempre de nuestras vidas negándoles el poder para seguir el sufrimiento.

Terapia de pareja

Se focaliza en solucionar conflictos de pareja, problemas de comunicación, de intimidad emocional, de dificultad en el proceso de negociación y de codependencia.

Las terapias de pareja se basan en cambiar dinámicas en su forma de relacionarse: aprender a expresar sus emociones, a comunicarse y a resolver problemas. A mejorar la intimidad y a fortalecerse como individuos y como pareja.

Fundamentalmente, recuerden: pedir ayuda a tiempo los puede salvar de problemas más grandes como: embarazo en la adolescencia, drogas, alcohol hasta muerte.
Puede evitar divorcio, depresión, ansiedad que puede repercutir en su economía.

Cuestionémonos para poder tener sentido crítico. Eso nos va a ayudar a los latinos a ser la nueva generación de latinos exitosos y preactivos.

Cómo conseguir los mayores resultados en la terapia psicológica

1) La conserjería produce cambios el 80% de las veces. Si estás receptivo a ser ayudado, lo serás. No esperes que tu terapeuta arregle tus problemas: tú deberás ser el que acciona y toma el lugar del propio líder.

2) Si tienes alguna pregunta acerca de cómo trabaja la consejería o alguna pregunta, por favor pregunta sin ninguna duda que serás respondida/o con honestidad. Es importante crear una confianza con tu terapeuta para poder ser abierto y honesto.

3) Cuando discutes tus conflictos y tus problemas personales sé específico: ¿Qué es lo que deseas? ¿Qué quieres conseguir? ¿Cómo quieres que tu vida cambie?

¿Qué quieres cambiar de ti mismo o de la situación en la que estás envuelto?

4) Es normal sentir ansiedad en la consejería. La confianza en tu terapeuta bajará esa incomodidad pero recuerda: crecer duele y es incómodo.

5) Intenta ser lo más abierto posible acerca de tus problemas y de acerca de ti mismo.

6) Permítete expresar los sentimientos que tienes. Esto ayudará al terapeuta a entenderte.

7) La terapia tiene momentos difíciles, especialmente cuando estamos procesando momentos difíciles, de sentimientos profundos, de traumas, de situaciones de mucho dolor.

8) Trata de utilizar lo que aprendiste en las sesiones en tu vida diaria.

9) Si sientes que la terapia no te ayuda, discútelo con tu consejero. Haz saber a tu consejero para que trabaje contigo.

Las terapias sexuales se focalizan en los problemas de intimidad sexual

1) Eyaculación precoz: el hombre llega al clímax en menos de tres minutos, al penetrar.

2) Dificultades de erección: el hombre no puede sostener una erección para poder penetrar o se debilita en el medio del acto sexual.
3) Anorgasmia: la mujer no puede llegar al clímax.
4) Falta de deseo: el hombre o la mujer no tienen deseo de tener sexo.
5) Vaginismo: la mujer siente dolor en la penetración.

Y a veces vas a sentir esto en tu terapia

¡Hay que psicoanalizarse! Hay que analizar hasta para qué mueves un dedo o das un paso. Así tendrás la explicación para todo y no te desbordas.
Hay que psicoanalizarse para pensar cada vez más y más. Pensar, pensar y enloquecer por pensar: por qué esto, por qué aquello, por qué allí y no allá, por qué querer y por qué si en vez de no…Por qué nunca en vez de siempre... Por qué, por qué, por qué. Me cago en el por qué. Me aburrí del por qué. Renuncio al por qué, adiós por qué. A vivir. Gracias por los servicios prestados: hoy ya no me pregunto más.
¡Ojo! Pero solo por hoy.

Entendamos que es terapia psicológica: ¡No es para los locos! Es para la gente que es lo suficientemente valiente como para pedir ayuda.

Los problemas más grandes de nuestra sociedad latina

1) Falta de integridad
Como comunidad tenemos que aprender a ser adultos y a ser personas de honor y de integridad. ¿A qué me refiero con esto? Integridad es ser una persona de honor, de palabra. Se ve la integridad en la puntualidad al pagar tus deudas, en el decir la verdad, al no engañar a tus parejas, al no dejarse abusar y no abusar. Integridad es no tapar a los maridos alcohólicos o a los hijos que no terminan la escuela que no trabajan o que están en drogas y alcohol. Tener integridad es lo que nos hace seres confiables y serios.

2) Machismo
Implica el deseo de dominar y controlar a la mujer. Poner a la mujer como una cosa, el machismo está basado en la inseguridad de ese hombre cuya autoestima baja hace que necesite abusar emocionalmente a su mujer para sentirse poderoso.
Machismo es lo opuesto a fortaleza: un hombre de verdad jamás abusa a su mujer, pega a su mujer o dice palabrotas a su mujer, porque eso lo denigra como ser.

¿Quiénes son los responsables de este machismo? Lamentablemente, las mujeres. Las que crían a esos hijos dándoles más privilegios que a sus hijas mujeres, sosteniendo su mala educación y a veces tolerando abuso hacia ellas mismas, sus madres.

Ruego a toda mujer que tenga un hjo varón que reconsidere su postura. Piensen que ustedes están criando un futuro padre de familia que tendrá responsabilidades. Enseñen a sus hijos a respetarlas a ustedes y a las mujeres.

Las otras mujeres que sostienen el machismo son aquellas que toleran los golpes y abusos de sus maridos. Cuando usted tolera esto no solo se perjudica sino que perjudica a todas las mujeres del mundo que están tratando de tener un lugar de dignidad e igualdad en la sociedad.

Esos hombres son aquellos que no cumplen sus responsabilidades de padres y abandonan a sus hijos, que quedan sin modelo de hombres. Y así se encadena una horrible cadena de dolor de hombres que no saben ser hombres porque les faltó su padre.

Es urgente que nos cuestionemos hasta qué punto sostenemos este horrible problema en nuestra sociedad.

Un hombre bueno, íntegro, cálido es el mejor de los hombres. Sin embargo, muchas mujeres desprecian a estos hombres y eligen a aquellos que las hacen sufrir: eso se llama codependencia. Y esas mujeres deberían curarse.

Seamos responsables por nosotros, por nuestros hijos, por nuestros nietos y por el mundo que pide a gritos amor y justicia.

Ayuden: cuestiónense y cambien.

3) Codependencia: la maldita enfermedad.

La codependencia es una enfermedad que nos hace sentir que no podemos vivir sin alguien que nos hace sentir un dolor terrorificante con la posibilidad que esa persona nos abandone.

Dependemos de alguien que no puede sostenerse a sí mismo, que nos falla, que tiene adicciones y lo tapamos lo máximo posible ante nuestros propios ojos, para no ver la inestabilidad y el dolor emocional que eso nos produce.

La codependencia nos hace estar pendientes obsesivamente de otra persona y nos ayuda a evitarnos a nosotros mismos, a confrontarnos a nosotros mismos y a resolver nuestros dolores y angustias.

El que está casado con un adicto a las drogas, al alcohol, al sexo o al juego tiene esa enfermedad.

La justificación es la técnica para negar la realidad: la negación de lo que se siente hasta llegar a estar completamente paralizado y adormecido emocionalmente.

Porque la codependencia implica que en la infancia el codependiente no recibió suficiente amor, sus necesidades no fueron cubiertas, entonces atrae a gente que no podrá cubrirlas y se encapricha en cambiar a esa persona.

La persona codependiente produce mucha frustración en la gente que la rodea ya que tolera cosas intolerables. Se envuelve y tapa cosas inaceptables como la violencia o el alcoholismo.

Mis pacientes codependientes dicen: "El alcohol no es igual a la droga". Pues sí, lo es: altera el estado mental.

La codependencia es difícil de curar tanto como el alcoholismo porque también se trata de una adicción que envuelve relaciones insatisfactorias.

Muchas mujeres definen su valor como mujer por estar con un hombre y son capaces de cualquier cosa con tal de conservarlos, aunque le destruyan la vida la salud y la vida de sus hijos.

Si ustedes se ven haciendo este tipo de cosas, tapando a sus hombres y destruyendo su persona pidan ayuda.

Una paciente escribió esto cuando empezó a curarse de la codependencia:

El final
Para todos los finales dolorosos.
Para todos los que han perdido.
Para todos los que no han podido.
Y así terminó una historia entre tortuosa y profunda.
Esos vínculos que desgarran
y quitan la tranquilidad. Esas historias en que la sensación de final está casi permanentemente y la angustia y la desesperación son los sentimientos

predominantes. Y los instantes buenos son maravillosos de tan deseados.

Debemos aprender a amar. Pero no con sentimientos unilaterales.

Tienen que ser una ida y vuelta. No creo en el dar sin pedir nada.

Tampoco creo en el pedir sin dar nada. Tendríamos que poder ser justos y no pedir más de lo que estamos dispuestos a dar. En el amor debe haber renuncias, pero sin perder la identidad.

Cuando dos personas independientes se encuentran en el lazo amoroso, la falta de tiempo, el romper los esquemas establecidos, el dejar de quejarse de la queja de siempre, la repetida, el encontrar códigos en común, el soportar el fin de semana en soledad, el reconocer. Te elijo y por lo tanto hay otros que no elijo.

Todas estas cosas que se entremezclan y muchas veces forman un son desafinado que toca su música en una cabeza que se da manija. A veces la letra de la música no se escucha, pero sí el estruendo del sonido que no es codificado y produce reacciones hostiles.

Quiero transmitir que lo idílico y tapar la realidad es imposible, porque tiene un alto costo. Elegirlo nos lastima mucho, porque es un continuo desilusionarse - porque no existe.-

Es importante conocerse y saber quién es uno, dónde está parado en la vida, de qué vereda y lo que realmente deseas, para evitar el continuo desencuentro con lo que no es.

He elegido mal para aprender a investigar lo que no puede pertenecerme; para saber cómo es estar en la vereda de enfrente. Pero hoy vuelvo a mi vereda sin despreciar lo que no tiene que ver conmigo, para acercarme a lo que sí tiene que ver. Para disfrutar del encuentro y dejar de gozar del desencuentro. Para intentar crecer en el amor y no destruirme. Para saber que nada es ideal pero que lo imperfecto puede ser profundamente placentero.. Qué placer saber que no puedo tenerlo en la vida y que eso que tengo puede llenarme y permitirme desear, para que los proyecto siempre continúen.

Siento que aprendí la lección de cómo es la vida y ya no espero más, ni me desespero más, ni creo que allá está la felicidad, ni me torturo más, ni te pido más que seas más parecido a mí o, ya no quiero cambiarte ni controlarte. Y elijo con quiero estar, y me alejo de vos si no deseo tu compañía, y disfruto de las diferencias, y las coincidencias, y del amor, y de mi de mi vida, y de mi trabajo e hijos.

Hoy me saque esta maldita enfermedad.

4) Educación de los hijos

Terminar con los golpes y con poner la autoestima de nuestros hijos por el piso porque no tenemos la fortaleza de educarlos. Lo más importante es educar con consistencia.

No hay nada más importante que tener reglas claras en su casa con sus hijos, cuando ustedes rompen sus propias reglas, sus hijos hacen lo que quieren. Por ello, no hay nada más importante que mantener la consistencia. Estamos viviendo en la sociedad del "yo yo", nuestros hijos quieren más y más, y se sienten con muchos derechos, al punto que los padres sienten que no tienen poder sobre ellos. Por ello es importante ser coherente y consistentes desde que son chicos.

No usar el abuso físico o emocional como armas para educar, pero sí usar las reglas de las consecuencias lógicas, los time out y quitar privilegios.

No pegar ni insultar.

Cómo evitar las drogas, el alcohol de la vida de nuestros hijos. Qué hacer si ellos se envuelven en ello.

Primero no ser ciegos: es doloroso ver que nuestros hijos están atravesando problemas, pero debemos enfrentarlos, no evitarlos.

Los grupos de alcoholismo o narcóticos anónimos son muy importantes: es necesario que ellos asistan a las reuniones y también tú debes ir con ellos.

Un programa de rehabilitación sería sumamente importante también y terapia familiar para que puedan cambiar la dinámica que afecta a la familia.

Educar es dar amor. consistencia y buenos ejemplos. Enseñamos con el ejemplo, no con las palabras. Todos cometemos errores: ésa es la forma en que crecemos y avanzamos en la vida.

Reconozcan sus errores ante sus hijos: eso los va a a ser más humanos ante ellos y les ayudará a crear una relación de profundidad y confianza,

Y recuerden otra vez que nosotros enseñamos con el ejemplo: no me cansaré de repetirlo.

Estoy cansada de ver padres que no entienden esto que es de suma importancia: si ustedes usan drogas o alcohol, sus hijos también van a tener esos problemas y ustedes no podrán decir nada. Si ustedes toleran violencia, no lloren cuando sus hijos la vivan en sus relaciones. Si ustedes no trabajan, va a ser difícil que sus hijos sean propensos al trabajo. Si ustedes no son consistentes, no pretendan que sus hijos tengan constancia.

Evaluémosnos y busquen ayudan si la necesitan.

No busquen excusas.

No nieguen sus problemas.

No dejen los problemas sin resolver

No posterguen su vida.

No esperen hasta que sea tarde.

Hoy es el día para confrontarnos con nosotros mismos.

Ejemplo de una pregunta

Mi hija es muy bohemia y se está mudando otra vez. Y es de ese perfil de gente que abusa, que cree que su modo de vida es lo máximo y me obliga (u obligaba) a vivir como ella quería; hoy día, me plantó en medio de la sala un baúl enorme lleno de libros y unas cajas llenas de cacharros y mugres por todos lados. Y como yo, después de avisarle, le tiré muchas cosas, se enojó mucho conmigo y siente que ella es la víctima y yo la que no comprende.

Le dije mil veces que trajera la ropa sucia pero que la lavara o ayudara con ella: y nada, no hace caso y termino haciéndole todo y resintiéndome. Y, si no lo hago, se resiente ella.

Siempre fue así, desde bebita: lloraba todo el tiempo hasta que yo la agarraba y jugaba con ella, pues no le bastaba que la tuviese a mi lado. Y me tenía agotada. Y siempre fue así. Toda la vida le dije que era hermosa, la apoyaba en todo, pero ella pasó un tiempo sintiendo que era la diferente. En el Colegio y en todos lados. También tenía el cuello como metido en los hombros -después mejoró mucho eso- y se desarrolló casi a los 15 años.

El tema es que yo no me banco más autoritarismos; mi madre, mis hombres, mi marido, y mis hijos... ¡ya basta! Pero si le digo que no a algo, el vínculo se resiente y me siento culpable.

Entonces, la pregunta es: ¿Debo seguir adelante con los límites aunque se enoje, poniéndome yo en primer lugar y haciéndole ver que el respeto es de ambas partes? ¿O ya es tarde? Ella viajará con su novio por un año a partir de enero. Liliana: respetaré mucho tu respuesta, ya que sos terapeuta familiar y te conozco por tus artículos. Un abrazo y gracias por adelantado,
INÉS.

Bueno, Inés, primero de todo voy a pelear tu idea que tu hija era de una determinada forma de bebita. En realidad, vos, respondiendo a sus demandas, le enseñaste que si ella chilla lo suficiente conseguirá lo que quiera. Obviamente que tienes todo el derecho de poner tus límites en tu casa, porque como bien lo has dicho es tu casa y la que pone las reglas ahí sos vos y nadie más.

Me da la impresión que tenés problemas no resueltos con tu madre y por ello te rodeas de hombres autoritarios o le permitís a tu hija que tenga autoridad sobre ti. Recuerda que educar no es buscar ser querida o ser una made buena sino que ser una buena madre significa dar amor incondicional y poner límites claros, con consistencia.

Y recuerda que a nuestros hijos sólo les enseñamos con el ejemplo, no con las palabras.

Espero te sirva mi respuesta.

Parodia social (así torturan a las mujeres). Riámonos un poco. Con las siliconas en las manos.

1980 "Una mujer sin pechos más que novia es un hermano"
Aleluya para las exuberantes: en las ciudades del mundo a los hombres les atraen las formas femeninas.
Transgredan, chicas, transgredan los modelos que les imponen para que se sientan mal y corran.

1984 "Hay que ser flaca, reflaca, chatas, con una buena cola formada"
Aleluya mujeres delgadas: en las ciudades del mundo comienzan a gustar las mujeres menudas y ustedes, mujeres voluptuosas, al cirujano plástico ¡urgente! A sacarse las lolas.

1990 "Nuevamente los pechos en primera plana". Cuerpos esculturales, de horas de entrenamiento en los gimnasios. Hay que ser armónico, tener los pechos de moda y los bolsillos llenos. Todas a ponerse delanteros y ustedes, tontuelas, que se las sacaron a ponérselas nuevamente. Lo lamento, ¡ja, ja, ja, ja!

Con las siliconas en las manos: así hay que vivir en nuestra ciudad donde la competencia aumenta día a día y la apariencia se transforma en lo más importante.
No hay amplitud de criterios: todas debemos ser iguales, si no, no mereces ser querida.
Queridas mías: a teñirse de rubio. Todas germanas. ¡Ya no! Se usa la sensualidad latina: todas morochas, ahora con rulos, ahora con pelo lacio, ahora corto, ahora largo, ponete extensiones, sácatelas.
La moda dejó de ser la ropa, para pasar a ser una tipología física. Esto es más difícil porque tienes que modificarte a vos misma y andar por la vida con la tintura en el bolsillo, la planchita en el otro, las tijeras en la billetera, el líquido de la permanente en la cartera y, por supuesto, las siliconas en las manos.

¡Preparados, listos, va!: rubia. Listos ¡ya!: flacas, con pechos voluptuosos. Y la que no lo logra, a Berlín. Tiene una prenda: ser rechazada por la sociedad.

Escúchame: ¿para qué vas a tener un médico clínico, si tu cirujano plástico puede cubrir ese rol? En cada operación te haces un chequeo general y sabes de tu estado. Y además, quizá, con una buena cirugía de nariz o un buen lifting, no tengas que ir más al psicólogo, que tan caro cuesta y además ¿para qué sirve, verdad?

¡Qué parodia! Lo peor de todo esto es que las jovencitas salen con los viejos y las viejas con los jovencitos y los de treinta a treinta y cinco años están solos porque se quedaron sin posibilidad de elección.

Pero or favor si esto es una total pavada ¡!!!!
A mí me encanta la belleza, pero no creo que exista un solo modelo de ella.
La belleza es una combinación de lo exterior con lo interior.
Y no es únicamente en un tipo: hay talles chicos, medianos y grandes; desde altas a petisas, rubias a morenas, ¡hermosas!
Mujeres: luchemos en contra de la codificación humana, detrás de un rollito puede haber un grandioso ser humano. Detrás de una mujer sin grandes pechos, un gran corazón. O por debajo de una cabellera, un buen cerebro.
Si dejáramos de ser nuestras peores enemigas y nos aceptáramos como somos, qué bueno sería, ¿verdad?
Mujeres: transgredan conmigo, sean únicas, sean personales, sean ustedes mismas. Recuerden que ustedes se definen a ustedes mismas nadie mas , solo ustedes , Amense , y no compren lo que le quieren vender .

Vida Light

Quisiera saber por qué no respetamos las diferencias y las honramos.

Todo se ha transformado en Light: quesos Light, salchichas Light, galletitas Light. Cerebros Light, relaciones Light, amores Light. Vida dietética.

¿Qué nos pasa por dentro? ¿Cómo nos sentimos cuando estamos a solas con nosotros mismos? Tan solos en un camino sin colesterol ni calorías. En el mundo de la ensalada de zanahoria con yogurt diet a las doce.

Cómo nos sentimos en esos vínculos que se dividen en pequeños episodios sin continuidad, sin compromiso, sin entrega y sin intimidad.

Si te comes una rica torta de chocolate con dulce de leche y almendras, engordas. Y si te conectas, involucrándote con un otro, que te pasa? Ya sé: quizá sufras el abandono o el desamor. Quizá te rechace si te conoce profundamente y sepa que sos un ser humano, un ser para la muerte, un ser que no puede saber del mañana, que no tiene contrato con Dios hasta el 14 de julio a las 20.30hs.

Qué vacío, qué feo es que te valoren porque sos lindo o porque tienes plata o porque sos inteligente y no porque sos un gran ser humano que siente, que vibra, que sufre, que llora, que se equivoca y que vive y vibra con todo su ser y su humanidad.

Estamos padeciendo el destino que hemos decidido como humanidad y los que no se someten a conformar toda esta incoherencia se asustan de ti, te tienen miedo porque estás embriagado de humanidad, porque quieres involucrarte y porque puedes producir muchas cosas y movilizar sentimientos que están dormidos o atontados de tanto antidepresivos y alcohol que la mayria de los seres humanos están usando para poder lidiar con sus baja autoestima .

Por favor, yo no quiero caer en esta anomalía, en esta mecanización, en este estado de computadora programada con diskettes.
Quiero ser persona. Quiero ser persona, humana.
SOY UNA PERSONA

(Y esto es lo que pasa al principio cuando trabajas tu en crear tu propia identidad y dejas de escuchar las pavadas sociales...........a veces, de tantos golpes, me olvido del mundo y me siento tan dentro de mí que me cuesta verte ati . A ti que quizá te pasó lo que a mí y yo no te veo, porque me estoy recubriendo todo el tiempo de todos los mensajes desestructuradores y venenosos contra mi humanidad.
Quizá no te vi y estabas al lado mío.
Hasta quizá te desprecié o quizá huí o ni te registre. Perdóname si lo hice: no fue adrede. Es que me siento muy sola en este proyecto que elaboré de ser y existir. Son tantas las pavadas que escucho, tantas, que me recluyo en mi interior, como una tortuga en su caparazón, y quizá no te vi. No te vi, ser humano que estas ahí.

Liliana Cabouli

La paradoja de la sociedad de los países latinos.

"Sé hermoso, millonario, joven por siempre, por siempre"

El problema es que lograr estas tres cosas nos lleva una vida entera, un camino arduo, duro, casi imposible. Las técnicas aumentan para estar más bello, más joven. Eso sí, tenés que tener dinero. Si no, imagínate cómo haces para comprarte todas esas cremas, hacerte todos esos masajes, toda esa gimnasia, y con todo ese tiempo que ocupas haciéndolo, cómo trabajas las catorce horas que necesitas para ganar el dinero, para cubrir todos estos gastos. Y encima ¿cómo descansas?

Hay que descansar, si no envejeces y la piel se arruga más.

Además, en medio de todo esto, intentas vincularte con alguien para no estar solo: la soledad afea, la falta de sexo también, y ¿qué tiempo le das? ¿Cómo haces? Y que no te haga sufrir, porque eso también crea ojeras, por el insomnio, y quizá engordes, porque para tapar la angustia, morfes como un degenerado, o adelgaces porque de la depre se te cerró el estómago.

¡Competir para perder! Porque siempre habrá alguien más joven y más lindo que vos. Porque dentro de lo que la sociedad te pide, no está que seas una buena persona. Hasta me atrevería a decir que esto está subestimado, por eso de buenudo, que en Argentina quiere decir bueno y tonto.

Los hombres buscan un buen cuerpo y las mujeres ya no sabemos qué buscamos: si buscamos que nos cuiden o que estén fuertes, o a quien proteger, o un buen amante que nos condicione la vida, o algo imposible, inalcanzable. Qué sé yo: el mundo está dado vuelta y ya nadie sabe por dónde agarrar.

Corremos detrás de la nada para no conseguir aquello que deseamos, que ya no sabemos si realmente lo deseamos o lo desea tu vecina o los que hacen las propagandas.

¡Qué confusión! En medio de todo esto, nos alienamos, nos sentimos una porquería. Nunca alcanzamos el ideal y encima nos olvidamos de nosotros mismos.

¡Qué increíble! Si lo pensáramos bien, pararíamos la maratón hacia el vacío y procuraríamos encontrarnos con nosotros mismos, con lo que somos en esencia, con la posibilidad de sentir, de amar, de gozar en realidad, de conectarnos con algún otro de verdad, de darnos cuenta de que esto nos está haciendo daño.

Pero admito que es difícil pelearse con un sistema, contra la anorexia afectiva, social, y con la imposibilidad de comprometernos. Con creer que lo que no sos es lo mejor y la felicidad está en Slim Center o en un viaje al Caribe.

¿¡Qué quieren que les diga!? Para mí, la felicidad que nos entrega la vida está en el amor, la autoestima y en ser quien realmente eres.

Tareas experimentales

En mi libro *Strategic Experiencial family therapy* (2007) escribí estos ejercicios que utilizo en mi consultorio para ayudar a las parejas a estar más cerca. Se los entrego en este libro para que lo practiquen en sus casas.

Conociéndonos a nosotros mismos y a nuestra pareja. Tarea 1

Completa en el espacio
Tú y tu pareja se paran mirándose uno al otro
Uno de ustedes va a ser A y el otro va a ser B
Lo que más me duele en esta relacion de pareja es -------------...
Lo que necesito de esta relación es -------------------
Lo que estoy dispuesto a comprometer en esta relación es --------
Lo que he hecho para contribuir para que nuestra relación esté donde esté es--------
Lo más me gusta de ti es ----------------------
Lo que me es más difícil de entender de ti es -----------
Lo que siento contigo es------------------
Lo que quiero que sepas es---------------------

Lo que más temo es----------------------
En esta relación me comprometo a --------------
Cuando yo era niño y crecía, yo sentía------------
Con mi familia sentía ------------------
Con mi mamá sentía ----------------
Con mi papá sentía--------------------
Con mis hermanos sentía----------------
Lo que siempre quise de mis padres es -----------------
Lo que nunca más quisiera sentir es------------

Luego, pon una música que a los dos les guste y durante toda la canción mírense a los ojos. Luego abrácense y estén relajados en el encuentro.

Recuerden todos los momentos importantes de la relación y disfruten de un momento de intimidad. Mostrando vulnerabilidad.

La confianza. Tarea 2

Completa en el espacio
Tú y tu pareja se paran mirándose uno al otro
Uno de ustedes va a ser A y el otro va a ser B

Siempre pensé que si te decía -----------------------me rechazarías
Mi más guardado secreto es-------------------------
La peor parte de mí es ---------------------------
Me siento inadecuado ----------------------------

Me siento abandonado si ----------------------
Lo que no puedo aceptar de mí es--------------------

Lo que desearía haber cambiado es-------------------

Si muriera mañana me arrepentiría ------------------

Me siento solo cuando -----------------------------
En lo que difiero contigo es--------------------------
Lo que soy diferente de ti es ------------------------

Lo que más disfruto en la vida es----------------------

Lo que más me hace sufrir de la vida es -------------

Lo que cambiaría de ti si pudiera........................
Lo que siento que falta en nuestra relación es -------

A lo que tengo que renunciar para estar contigo es

Lo que no estoy dispuesto a renunciar para estar contigo es ------

Luego pon una música que a los dos les guste y durante toda la canción mírense a los ojos. Luego abrácense y estén relajados en el encuentro.

Recuerden todos los momentos importantes de la relación y disfruten de un momento de intimidad.

Creando confianza. Tarea 3

Completa en el espacio

Tú y tu pareja se paran mirándose uno al otro
Uno de ustedes va a ser A y el otro va a ser B

Mi confianza hacia ti es: (mucha mediana o poca)
Me siento rechazado por ti cuando -------------------

Lo que necesito que pase en nuestra relación para que yo confíe más en ti es--------Cuando te necesito, yo confío que (tu estarás o no estarás) ahí para mí
Puedo confiar en ti para -----------------------------
No puedo confiar en ti para ---------------------
Lo que me hace confiar en ti es -----------------------

Mi pregunta es ¿puedo confiar en ti? -----------------

Luego pon una música que a los dos les guste y durante toda la canción mírense a los ojos. Luego abrácense y estén relajados en el encuentro.
Recuerden todos los momentos importantes de la relación y disfruten de un momento de intimidad.

Curar el pasado. Tarea 4

Ambiente: pongan unas velas aromáticas y una música relajante.

Relájense acostados cómodamente en una cama o en el piso. Empiecen a respirar profundo: inspiren, exhalen. Otra vez inspiren, exhalen. Otra vez más. Tomen una profunda expiración y exhalen: empiecen a aflojar sus pies y sientan que están muy flojos, muy pesados, muy muy relajados. Aflojen las pantorrillas, sientan sus pantorrillas pesadas, muy muy relajadas. Aflojen sus piernas, sientan sus piernas flojas, pesadas, muy muy relajadas. Aflojen su estómago, sientan su estómago flojo, pesado, muy muy relajado. Aflojen su espalda, sientan su espalda floja, pesada, muy muy relajada. Aflojen sus manos, sientan sus manos flojas, pesadas, muy muy relajadas. Aflojen sus brazos, sientan sus brazos flojos, pesados, muy muy relajados. Aflojen su cuello, sientan su cuello flojo, pesado, muy muy relajado. Aflojen su boca y lengua, sientan su boca y la lengua pesadas, muy muy relajadas. Aflojen ahora toda la su cara: sientan su cara floja, pesada, muy muy relajada.

Todo el cuerpo está flojo, pesado, extremadamente relajado. Tomen una respiración profunda. Retengan: 1, 2, 3. Aflojen. Vuelvan a tomar otra respiración profunda. Retengan: 1, 2, 3. Todo el cuerpo está muy flojo, muy pesado, muy muy relajado. Sus pies, pantorrillas, piernas, estómago, espalda, manos, brazos, cuello, cara, lengua, boca y todos los órganos y las partes de su cuerpo van a estar extremadamente relajados y pesados. Sin tensión: así pueden conectarse con lo que les voy a decir.

Imagina una pantalla como de televisión. Imagina la casa de tu infancia. Imagina las paredes, los olores, las memorias de ese lugar. La cocina, los muebles. Las sensaciones, los colores.

Siente que estás en esa casa. Ahora vas a ir a tu habitación. Y vas a ver a una niña o niño pequeña o pequeño de 3 a 8 años en tu cama (elije la edad más significativa para ti). Acércate a él o ella y míralo a los ojos. ¿Cómo se siente? ¿Se siente tranquilo o nervioso? ¿Tiene miedo? ¿Está contento o triste? ¿Está solo o no?

¿Siente que sus padres están ahí para él o no? ¿Se siente importante o ignorado? Ahora tómalo en tus brazos y abrázalo. Déjale saber que estás ahí para él incondicionalmente, y que todo está bien. Calma a tu niño interno y dile que estás tú ahí para cuidarlo. Luego déjalo ir. Imagínalo sonreír.

Ahora imagina a tu mamá llegando a la puerta de tu casa. Acércate y mírala a los ojos y dile todo lo que te gustaría decirle y nunca te animaste a decirle. Sin reprimir nada, sé honesta u honesto con tu madre. Ahora acércate y abraza a tu madre y déjate abrazar. Y disfruta de un momento de intimidad, aquella intimidad que sólo se puede tener cuando sos honesto con alguien. Y disfruta por unos minutos de esa cercanía. Ahora déjala ir: ella te va a sonreír.

Ahora imagina a tu papá llegando a la puerta de tu casa. Acércate y míralo a los ojos y dile todo lo que te gustaría decirle y nunca te animaste. Sin reprimir nada. Sé honesta u honesto con tu padre. Ahora acércate y abraza a tu padre. Y déjate abrazar. Y disfruta de un momento de intimidad, aquella intimidad que sólo se puede tener cuando sos honesto con alguien. Y disfruta por unos minutos de esa cercanía.

Ahora te irás de esa casa, pero antes de irte, vas a dejar ahí todos los sentimientos negativos que nacieron allí: sentimientos de miedo, dolor, de impotencia, de sentirse menos, de no ser aceptado o de soledad.
Deja allí todos esos sentimientos. Al contar hasta tres, vas a cerrar la puerta de esa casa: 1, 2 y 3. Ya estás afuera. Y un túnel de luz está adelante tuyo. Ese túnel es el túnel del autoconocimiento y el entendimiento. Es la luz de la persona.
Al resolver los dolores del pasado, sólo tú puedes decidir atravesar ese túnel
Para poder crecer y disfrutar de una profunda intimidad con la gente amada.
Tú decides.

El final

Al final me encuentro conmigo misma. Con vivencias, experiencias compartidas y aprendizaje. Me siento diferente, como si hubiese aprendido algo que estaba dentro de mi interior, flotando e inundándome, pero no plasmado en palabras.

Crecí un poco más en el infinito camino del aprender a vivir y me ocurre algo tan particular con mis escritos. Algo parecido a lo que ocurre con un hijo o mis pacientes: lo siento independiente a mí como un ser individual, discriminado, un cordón que existió entre nosotros y se rompió y ya no me pertenece. Y, como un conjunto de palabras con sentido vivencial, se esfuman lentamente hacia los demás.

Quisiera haber podido llegar a sus corazones para que puedan entender cuántas veces las relaciones que tanto ustedes quieren sostener son idealizadas y enfermas. Quise darles una idea acerca de las relaciones sanas y desidealizar lo que se muestra en las películas, pero dándoles la esperanza de que, si ustedes quieren amar y ser amados y trabajan juntos con su pareja, pueden disfrutar de una linda relación que les promueva crecimiento y disfrutar de ser un buen equipo en el camino de sus vidas.

También quise transmitirles que la felicidad está relacionada con amarse a uno mismo, al contrario de lo que la sociedad promueve. Sólo amándote a ti mismo puedes amar a otros. Y te amas a ti mismo si eres quien quieres ser. Para eso debes tener la voluntad de respetar tu propia persona, de no vivir en negación de la realidad y de soportar el rechazo de alguna gente. Porque, cuando tienes una postura, a mucha gente puedes no gustarle. Pero, cuando tú te gustas a ti mismo y eres valiente, eso no es importante, porque tu autoestima está por dentro y no la nutres desde afuera.

Los invito a hacer cartas destinadas a todas las personas que ustedes sientan que tienen algo para decir y no han dicho, y a completar los ejercicios de intimidad emocional con sus parejas. Y, fundamentalmente, a reflexionar.

Melina Leon

Made in the USA
Lexington, KY
02 February 2010